非琴经典译文集

一封失落的信

〔罗〕约·鲁卡·卡拉迦列 等　著

非琴　译

河北出版传媒集团

河北教育出版社

图书在版编目（CIP）数据

　　一封失落的信 / (罗) 约·鲁卡·卡拉迦列等著；
非琴译. -- 石家庄：河北教育出版社，2020.5（2025.1重印）
　（非琴经典译文集）
　　ISBN 978-7-5545-5816-4

　　Ⅰ.①一… Ⅱ.①约… ②非… Ⅲ.①剧本－作品集
－罗马尼亚－近代 Ⅳ.①I542.34

中国版本图书馆CIP数据核字(2020)第070998号

书　　名　**一封失落的信**
　　　　　YIFENG SHILUO DE XIN

作　　者　〔罗〕约·鲁卡·卡拉迦列等
译　　者　非　琴

策　　划　杨　才　蒋海燕
责任编辑　刘书芳
装帧设计　于　越
出版发行　河北出版传媒集团
　　　　　河北教育出版社　http://www.hbep.com
　　　　　（石家庄市联盟路705号，050061）
印　　刷　廊坊市佳艺印务有限公司
开　　本　850 mm×1168 mm　1/32
印　　张　7.5
字　　数　171千字
版　　次　2020年5月第1版
印　　次　2025年1月第2次印刷
书　　号　ISBN 978-7-5545-5816-4
定　　价　58.00元

目　录

一封失落的信

（四幕讽刺喜剧）

[罗马尼亚]　约·鲁卡·卡拉迦列

译　序

　　约·鲁卡·卡拉迦列（Ion Luca Caragiale，1852—1912）是罗马尼亚伟大的现实主义作家和罗马尼亚戏剧的奠基人。罗马尼亚人民共和国成立后，为了纪念这位伟大的作家，选举他为科学院院士。他的诞生地——普罗耶什蒂附近的一个村庄，被命名为卡拉迦列村，布加勒斯特国家剧院也被命名为卡拉迦列剧院，并为他设立了戏剧奖金用以纪念。

　　卡拉迦列出生于流浪艺人家庭，他的两位叔父不仅是当时的著名演员，而且写过剧本。卡拉迦列只在普罗耶什蒂受过小学和中学教育，从十八岁起，就不得不为了生活进入社会。他曾从事各种不同的职业，做过剧院里的提词人、各种报纸的校对和编辑，当过教师，也做过小学的督学、剧院的总经理、烟草垄断企业管理局的官员……甚至还开过咖啡馆。虽然他并没有挨过饿，可是他的生活道路却一直是坎坷不平的，不得不为了日常的生活需要而进行顽强的斗争。

　　从二十岁的时候，他就已开始写作了，最初一些作品就引起了人们的注意。由于种种原因，他于1904年离开罗马尼亚，侨居柏林。但在国外，他仍十分关心国内的政治情况。1912年，他曾拒绝参加当时国内准备为他举办的庆祝活动。同年6月，因心脏病突发，不幸长辞人世。

卡拉迦列的创作几乎包括一切文学形式：剧本、特写、小说、讽刺作品、寓言诗、童话等。1890年以前，他主要是写剧本，如《暴风雨之夜》（1878）、《列昂尼达先生和反动派》（1879），代表作为《一封失落的信》（1884）和《攻击》（1890）等。1890年左右，他写过两部中篇小说：《复活节的蜡烛》和《罪恶》。在1890—1901年这十年期间，他的主要作品是特写和短篇小说。作家晚年创作了一系列中、短篇小说，1910年出版过一部小说集《新特写》。此外，还有许多杂文，也是作家留给罗马尼亚文学宝库的重要遗产。

　　在卡拉迦列的所有作品里，他爱憎分明，猛烈地抨击社会上一切不合理的东西。他的讽刺作品更是犀利无比，他的笑并不是一个旁观者漠不关心的冷嘲，而是来源于一个积极干预生活的战士的恨。他憎恨剥削、压迫劳动人民的资产阶级和地主阶级，憎恨代表剥削阶级利益的反动政府和君主政体，憎恨转移人民斗争方向的资产阶级沙文主义……而对被剥削、被压迫的工人、农民却充满了无限同情，对他们，他从来没有嘲讽和讥笑过，他对1907年罗马尼亚农民起义的态度，就是一个明显的例证。

　　《一封失落的信》写的是1883年罗马尼亚山区某一县城的选举斗争。当时，在罗马尼亚，资产阶级和地主阶级基于共同的利益，结成了政治联盟，以保守党和自由党轮流执政的形式掌握着政权。无论是哪个党执政，反正都是代表剥削阶级的利益，都是他们镇压劳动人民的工具。所谓选举，纯粹是欺骗人民的把戏。不管竞选多么激烈，两党怎样互相攻讦，结果却是早就确定了的——总是执政党获得胜利。只有在执政党名声已经太臭、已经失去了欺骗性，实在混不下去的时候，作为"仲裁者"的国王，为了平息人民的不满，才不得不下决心换马，换上一块"新"招牌，让另一个"党"上台执政。于是同样的选举戏法，又继续由另一个"党"变下去。正因为选举的结果是事先就已确定了的，所以作者选择了提名候选人作为斗争的焦点。当时，执政的是保守党，自由党（剧中为"独立派"）的卡察文库想利用县长写给情妇——常务委员会主席的妻子的一封信，进行讹诈，但事与愿违，结果是搬起石头砸了自己的脚，他不得不奴颜婢膝，向执政党投降了。然而作为一个政客，他并没有彻底失败，因为正如剧中人卓娅所说的，"他并不比别人差"，而且"这并不是最后一次选举"，只要他对统治阶级忠心耿耿，在当时那种政治条件下，他是不愁没有进身之阶的。不是吗，这次执政党提名的候选人——也就是当选代表丹丹纳凯，原来是个比卡察文库更狡猾、更善于进行讹诈的政治骗子，帮助他得到当选证书的，也是"一封失落的信"。

剧中有一个"微带醉意的公民"，作者之所以要创作这样一个人物，当然是由于剧情的需要。那封关键性的信，失而复得，完全是通过这位"微带醉意的公民"。但不可否认，这个人物也是当时罗马尼亚选民的象征：他们也像这个"公民"一样，自己不知道"该投谁的票"，所以只能受人蒙蔽，任人摆布，仿佛喝醉了酒，在他们终于清醒过来以前，他们那蒙眬的醉眼暂时是无法看透统治阶级所变的选举戏法的。

《一封失落的信》译自布加勒斯特《图书》出版社1953年出版的《卡拉迦列戏剧选》。

出场人物

斯特凡·吉帕德斯库——某县县长。

阿加米查·丹丹纳凯——自 1848 年革命以来的政治活动家。

扎哈里亚·特拉汉纳凯——常务委员会、选举委员会、学校委员会、土地委员会以及其他若干委员会的主席。

塔凯·法尔弗里迪——律师，上述委员会的委员。

约尔丹凯·布雷卓文内斯库——同上。

尼古拉耶·卡察文库——律师，《喀尔巴阡呼号》报编辑兼发行人，"罗马尼亚经济曙光"合作—百科协会的创办人和主席。

约内斯库——教师，《喀尔巴阡呼号》报的同仁，上述协会会员。

波佩斯库——同上。

吉查·普里斯汤达——县警察局局长。

微带醉意的公民。

卓娅·特拉汉纳凯——扎哈里亚·特拉汉纳凯之妻。

仆人。

选民们、公民们和群众。

故事发生在 20 世纪末罗马尼亚山区某一县城里。

第一幕

县长家中布置得很漂亮的会客室。三个房门：一个在舞台深处，一个在右后方，一个在后面，靠近脚灯。舞台深处门的左右两侧各有一面大窗。前景——左侧摆一张沙发和一把安乐椅。

第一场

吉帕德斯库有点儿焦躁不安，手里拿着一份《喀尔巴阡呼号》报，在屋里踱来踱去；穿一身家常便服。

普里斯汤达扶着军刀，站在门边。

吉帕德斯库（读完报纸上的句子）："……对于我们城市来说，在一个人面前发抖是可耻的！把罗马尼亚最美丽的县份之一交给一个吸血鬼任意支配，这是犯罪，这一犯罪的政府是可耻的！"（气愤地）这就说我是吸血鬼吗？……真可笑！

普里斯汤达（同样的语调）：真真可笑……请原谅，对不起，凡尼卡①老爷，斗胆问一声——吸血鬼……吸血鬼是什么玩意儿？

　　吉帕德斯库：这……啊，这就是吮吸人民血液的人。这是我在吸人民的血吗？

　　普里斯汤达：您在吸人民的血？没有的事！

　　吉帕德斯库：多么坏的坏蛋！

　　普里斯汤达：的确是坏蛋！

　　吉帕德斯库：多么卑鄙！

　　普里斯汤达：的确是卑鄙！

　　吉帕德斯库：决不让他当代表！

　　普里斯汤达：决不！

　　吉帕德斯库：就算他有一批教书匠，就算他有那么一个一钱不值的协会……他也是枉费心机！我用我的脑袋担保！

　　普里斯汤达：我也是！

　　吉帕德斯库：好，不谈这个了！狗在叫了……

　　普里斯汤达：的确是狗！

　　吉帕德斯库：关于昨天晚上，你说什么来着？（坐下）

　　普里斯汤达：正像我，就是说，正像我向您报告的，（走近一些）昨儿晚上晚饭以后，我稍睡了一会儿……没有法子，我们干的就是这样的差事嘛。别人不了解，可您是知道的：我们当警察的，无论是吃饭、喝水、睡觉、起床，都不能像所有正教徒那样，没有个准时间……

　　吉帕德斯库：自然是啦……

------

① 凡尼卡：斯特凡的小名。

7

普里斯汤达：大人，我的情况可真难哪……不说您也知道！一大家子人，养家糊口的薪水只有那么一点儿。这不是，老婆常说："你去求求县长老爷，给你加点儿薪，要不就完全没有活路了！……"九个孩子，凡尼卡老爷，一个也不少……不管人家情况怎么样，对公家反正毫不相干，它只要求我们干当差的活儿就可以了。可这儿有九个孩子，每月的工资总共才八十列伊：你爱怎么过，就怎么过吧—— 一大家子人，养家糊口的薪水只有那么一点儿！

吉帕德斯库（微笑）：当然啦，用来养家，它是少了点儿，倒也是的……不过你是个能干的人——有时候总会顺手捞到点儿什么吧。我们是了解你们的！

普里斯汤达：您是了解的！您大概是了解的，凡尼卡老爷，您怎么会不了解呢！

吉帕德斯库：如果这么做有道理，我也不反对……我喜欢一个官员能够尽心竭力地工作……特别是，如果他是忠心耿耿的话……

普里斯汤达：忠心耿耿，大人，正是忠心耿耿！

吉帕德斯库：我并不反对让人捞点儿好处……特别是，如果他有一大家子人的话。

普里斯汤达：九口人哪，凡尼卡老爷，九口人，可薪水……

吉帕德斯库：要养家糊口……

普里斯汤达：只有一点儿，大人，只有一点儿。

吉帕德斯库：好吧，吉查，前天那些旗子的事你搞得挺不错嘛！这件事你干得真巧妙哇！

普里斯汤达（忘乎所以，笑）：的确是巧妙！（立刻醒悟，装作老实的样子）凡尼卡老爷，怎么是巧妙呢？

吉帕德斯库：委员会照账单付了四十四面旗子的钱……

普里斯汤达（憨厚地）：是。

吉帕德斯库：嗯——可是挂出了几面？四十四面吗？

普里斯汤达（坚决地）：挂出去了，大人，都挂出去了……也许有一两面被风刮掉了……不过是挂出去了——全挂出去了。

吉帕德斯库：四十四面吗？

普里斯汤达（憨厚地）：一面也没剩，凡尼卡老爷。

吉帕德斯库（笑）：吉查，你别跟我支吾搪塞。张灯结彩的时候，我跟卓娅和扎哈里亚大叔一起坐着马车在全城兜了一圈。而卓娅，这个爱开玩笑的人忽然说："咱们来数数吉查的旗子看……"

普里斯汤达（委屈地）：饶了我吧！恰恰是若伊齐卡①夫人，恰恰是她，可从她那里，刚好相反，可以这么说，我本来是希望她会帮我说句好话的……

吉帕德斯库：可是这话她并不是认真说的，而是说句笑话。难道她和扎哈里亚大叔不知道你是我们的人吗？

普里斯汤达：是您凡尼卡老爷的，是您的人，也是若伊齐卡和扎哈里亚老爷的……怎么会不是呢？你们数过旗子了吗，凡尼卡老爷？四十四面，是吧？

吉帕德斯库：十四五面……

普里斯汤达：那么咱们再重新数一遍，凡尼卡老爷，咱们再数数看。

---

① 若伊齐卡：卓娅的爱称。

9

县政府两面……

吉帕德斯库：两面……

普里斯汤达：二月十一日广场上两面……

吉帕德斯库：四面……

普里斯汤达（努力回想）：市政府两面。

吉帕德斯库：六面……

普里斯汤达（努力回想）：男子中学一面……

吉帕德斯库：七面……

普里斯汤达：女子中学一面……

吉帕德斯库：八面……

普里斯汤达：医院一面……

吉帕德斯库：九面……

普里斯汤达：两面……挂在大教堂，圣尼古拉大教堂……

吉帕德斯库：十一面……

普里斯汤达：县政府两面……十四面……

吉帕德斯库（笑）：县政府的，你已经数过了。

普里斯汤达：没有，您怎么了，凡尼卡老爷？饶了我吧！（接着很快地数下去）市政府两面——十八面，中学里四面——二十四面，大教堂两面——三十面……

吉帕德斯库（笑）：这些你已经全部数过了！你这个账单可有点儿不像话呀，吉查……

普巴斯汤达：没有的事，大人，不多不少，整整四十四面！我说，也许有一两面叫风刮跑了，要么还有……

吉帕德斯库（笑）：吉查……你别蒙哄我了。

普里斯汤达（立刻改变语气，奴颜婢膝地、憨厚地）：一大家子人……养家糊口的薪水只有一点儿……

吉帕德斯库（看了看钟）：好吧。不谈旗子的事了。

普里斯汤达：就说的是嘛，不谈了，凡尼卡老爷。

吉帕德斯库：你讲讲昨天晚上的事吧，只是要快一点儿——我很忙。

普里斯汤达：就是嘛，凡尼卡老爷。却说昨儿晚上，大概是十点半钟，我正回家去，一面吃着一点儿偶然弄到的东西，想要去稍微躺一躺——救火的时候我可真累坏了。我老婆——请原谅。我老婆说："脱掉衣服，吉查，躺下睡吧。"可我却不能睡：我在岗位上，凡尼卡老爷，白天夜里，一直都在岗位上……约莫十二点差一刻的时候，我醒了，脱掉——请原谅我的用词，脱下制服，摘下制帽，穿上便衣，又去……值班了，凡尼卡老爷。等我收拾停当，一看，已经将近半夜一点钟了。我从市政府后面走到一块空地上，就是说，想从那儿到统一（城）门去。我刚来到空地上，一看，卡察文库家后面的窗子里有灯光，有一扇窗大敞四开。围墙很高，爬上去就能够到窗子。因为我一直在为公务操心，所以就产生了一个想法，我想，也许能听到点儿什么呢，说不定会有用处的？……我悄悄地，像只猫一样，爬上围墙，开始在听，从那儿我什么都能听清，什么都能看到——嗯，就像现在我能听清您的话……就像在戏院里一样。

吉帕德斯库（感兴趣地）：怎么样呢？

普里斯汤达：在玩儿牌。

吉帕德斯库：有谁在那里？

普里斯汤达：会有谁呢！教员们——约内斯库、波佩斯库、普里皮契神父……

吉帕德斯库：神父也在？

普里斯汤达：是啊，神父也在，还有塔基查先生，还有彼特库什，还有扎皮谢斯库—— 一伙人全到齐了。牌已经玩得差不多了……屋里烟雾腾腾！……浓烟滚滚冒出窗外，就像从轮船烟囱里冒出来似的。神父和彼特库什还在玩儿牌。其余的人在说话。

吉帕德斯库：卡察文库又在骂我了？

普里斯汤达：骂得好凶啊，凡尼卡老爷，又骂政府，又骂您……还在计算他自己的票数……

吉帕德斯库：教员们，神父，还有各式各样的败类。

普里斯汤达：的确是败类！

吉帕德斯库：我要给他们点儿厉害瞧瞧，叫他们连一票也捞不到！

普里斯汤达：您听我说，凡尼卡老爷，以后怎么样了……他们你一言，我一语，卡察文库突然说："我敢打赌，有个你们意想不到的人会投我们的票，一个吸血鬼——"请原谅，在那里他也是一直管您叫吸血鬼——"一个吸血鬼所信赖的人，他信赖这个人，就像信赖上帝一样……一旦他成了我们的人，那就所有的人都是我们的了……瞧，听我给你们念一封信……"说着从皮夹子里掏出一封信来——"喂，"他说，"你们听着……"这时那个鬼神父——真倒霉——突然丢下牌不玩儿了，说："看在上帝的分儿上，你先别念，亲爱的纳耶①……等一下，我也听一听……只是我要先抽支烟……"说着他从桌边站起来，抽着了烟，深深吸了一

———————

① 纳耶是尼古拉耶的简称。

口，走到窗前，把一根擦着了的火柴一直对着我的眼睛丢了过来……我往后一闪，不小心摔下去了，跌到一个蠢货身上，他不知是正好打那儿路过呢，还是在围墙底下坐着？他突然大叫一声，他们大家立刻冲到窗前！……我站起来，悄悄地沿着围墙溜之大吉，躲进市政府院子里去了。

吉帕德斯库（对他讲的事情很感兴趣）：后来呢？

普里斯汤达：后来我当然又回去了，可是他们不但已经关上窗子，而且放下了窗帘。

吉帕德斯库：这能是什么呢？是一封什么信？我不懂……吉查，我得去吃早饭了，不然的话扎哈里亚大叔和卓娅就要等着我了。我不去，他们就不吃早饭，而早饭以前，扎哈里亚大叔哪里也不去，再说卓娅也是个那么没有耐性的人……

普里斯汤达：有什么盼咐吗，凡尼卡老爷？

吉帕德斯库：你去给我了解一下，这是封什么信？信上谈论的是什么人？

普里斯汤达：是，凡尼卡老爷。

吉帕德斯库：需要尽可能密切地注意这件事情——倒不是我害怕卡察文库愚蠢的阴谋诡计，只不过先使这个骗子不能为害，倒也不错，然后再好好收拾他。

普里斯汤达：就是要好好收拾他。

吉帕德斯库：我换衣服的时候，你在这儿等着，咱们一道出去。我还有话跟你说。

普里斯汤达：我等着，凡尼卡老爷。

吉帕德斯库由左侧门下。

第二场

普里斯汤达独自一人。

普里斯汤达：我们当警察的这个差使可真难哪……凡尼卡老爷和卓娅夫人还要数我的旗子……无怪乎我那位贤内助说："吉查，吉查，当面要对他逢迎拍马，背转身来，能拿什么就拿什么，反正是饱汉不知饿汉饥呀……"的确不错，她怎么会知道呢？瞧，就拿凡尼卡老爷来说吧：有世袭领地吗？有。有职位吗？有。有若伊齐卡夫人吗？有。老兄啊，您是靠特拉汉纳凯的钱过着快活日子……（*忽然醒悟*）是靠老爷子的钱！可我有什么呢？——一大家子人……养家糊口的薪水只有一点儿……（*坐到舞台深处旁边的一把椅子上*）

第三场

特拉汉纳凯、普里斯汤达，随后卓娅和吉帕德斯库上场。

特拉汉纳凯（*由后面的门上，没有发现普里斯汤达，后者急忙站起。特拉汉纳凯神情不安*）：是个什么样的道德败坏的社会呀！……再也没有什么道德观念，再也没有任何原则可言——什么都没有；只有算计，只有算计……我那个读大学的小儿子前天来的那封信里说得对。虽说年轻，可是聪明——是个一本正经的小伙子！"爸爸，"他写道，"哪里没有道德观念，哪里就会出卖灵魂，如果社会没有原则，那就意味着它没有道德观念……"哪见过这样卑鄙、这样龌龊的事！（*看到普里斯汤达*）你在这儿

吗，吉查？（控制住自己）

普里斯汤达：我在这里，扎哈里亚老爷。您的最卑贱的仆人！

特拉汉纳凯：凡尼卡出去了吗？

普里斯汤达：没有，扎哈里亚老爷，他马上就来，他……瞧，凡尼卡老爷来了。

吉帕德斯库（已经换好衣服，戴着帽子，由左侧门上，看到特拉汉纳凯，惊讶地站住了）：扎哈里亚大叔！没吃早饭，你就出来了？出什么事了？

特拉汉纳凯：喜剧，凡尼卡，彻头彻尾的喜剧，我马上讲给你听。（示意他支开普里斯汤达）

普里斯汤达（急忙地）：还有什么指示吗，凡尼卡老爷？

吉帕德斯库：没有了……别忘了我们所谈的。我们得解开这个谜，而且越快越好。

普里斯汤达：是！

吉帕德斯库：扎哈里亚大叔，这是个很长的故事吗？你不能在吃早饭的时候讲吗？

特拉汉纳凯：稍微耐心一点儿……若伊齐卡什么也不应该知道……喜剧，凡尼卡，彻头彻尾的喜剧。（坐到沙发上，背对后面的门）

吉帕德斯库（看看钟）：那么，吉查，你到扎哈里亚大叔家里去，告诉若伊齐卡夫人——是吧，扎哈里亚大叔？如果早饭我们去迟了的话，请她别生我们的气……我们这儿正在谈公事。你就说，是在谈政治。

普里斯汤达：是，凡尼卡老爷。（向舞台深处走去）

吉帕德斯库转向特拉汉纳凯，走近台口。当普里斯汤达已经走到门槛

15

上的时候，右侧的门开了一条缝，卓娅从门后探出头来。她在叫普里斯汤达："嘘，嘘！"然后很快关上房门。吉帕德斯库一回头，看到普里斯汤达站在舞台右侧门边。

吉帕德斯库：你往哪儿去？

普里斯汤达（向他示意，不要作声，并指指特拉汉纳凯）：到您吩咐我去的那里。

吉帕德斯库（没有听懂他的意思）：为什么你不从正门出去？

普里斯汤达（又做同样的手势）：是，我从正门走……（向后面的门走去）

吉帕德斯库转向特拉汉纳凯。右侧的门又打开一条缝，卓娅又在叫普里斯汤达。吉帕德斯库回头一看。这时普里斯汤达已经走到右侧门前，跑出会客厅去。吉帕德斯库什么也不明白，耸耸肩，坐到特拉汉纳凯身旁的安乐椅里。

第四场

吉帕德斯库和特拉汉纳凯。

吉帕德斯库：嗯，扎哈里亚大叔，怎么回事？我看得出来，你的情绪不好！……

特拉汉纳凯：稍微耐心一点儿，马上你就会知道的……今天早上，约莫八点半钟，我还没喝完咖啡，仆人就进来了，递给我一张条子，说是在等候回音……你猜这是谁的条子？

吉帕德斯库：谁的呢？

特拉汉纳凯：敬爱的卡察文库先生的。

吉帕德斯库：是卡察文库送来的？

特拉汉纳凯：对不起，我和卡察文库有什么事情好谈？卡察文库又有什么事情要来找我呢？我们之间毫无共同之处，如果要谈原则的话，那么我和他完全是背道而驰。

吉帕德斯库：那是自然。到底是怎么回事呢？

特拉汉纳凯：等一等——你就会知道的。（从口袋里掏出一张条子，递给吉帕德斯库）

吉帕德斯库（读）："致常务委员会、学校委员会、选举委员会、土地委员会及其他诸委员会极为尊敬的主席——扎哈里亚·特拉汉纳凯先生。本市。（从信封里抽出字条）阁下，为维护您作为一位公民的名誉和夫妻之间的名誉，请于今晨九时至十时之间，来《喀尔巴阡呼号》报编辑部和《罗马尼亚经济曙光》合作—百科协会管理委员会一晤，届时将向阁下介绍一份对您至关重要的文件……阁下，能作为您恭顺的仆人，感到十分荣幸。《喀尔巴阡呼号》报编辑兼发行人、《罗马尼亚经济曙光》合作—百科协会创办人及主席，卡察文库……"是份什么文件呢？

特拉汉纳凯：稍微耐心一点儿！你就会知道的……我暗自思索："是去呢，还是不去？去……"于是决定了，只不过是由于好奇心，决定去看一看，这又是个什么新鲜花样。我赶快穿上衣服，就出去了。

吉帕德斯库：到卡察文库那里去吗？

特拉汉纳凯：等一等——就会知道的……是到卡察文库那里去。我到了他那里，他恭恭敬敬地站起来，让我坐到安乐椅上，一口一个"敬爱的"，对我竭力恭维。"非常遗憾，"他说，"不知怎的我们之间互相冷淡起来了，因为我，"他说，"对您—— 一向十分尊敬，把您看作我们县里的第一号人物……"说了许多这样的客气话……我完全一本正经地对他说："阁下，您邀请我来，说是要给我看一份文件，那么就请把它拿给我看一看吧！"他却说："我担心，"他说，"这对您将是一个沉重的打击，我得先让您思想上有个准备。您，这样一位可尊敬的人，这样……"又是一大堆客气话。我对他说："稍微耐心一点儿，阁下，文件在哪儿呢？"他却说："……您要知道，夫人们……"你瞧，他是在暗示什么呀，这个坏蛋！……可怜的若伊齐卡！……当心，可别说漏了嘴，刮到她耳朵里去，得想个办法，别让她知道！她是那么敏感！……

吉帕德斯库：什么？他怎么敢？坏蛋！（激动地站起来）

特拉汉纳凯（阻止他）：等等——你就会知道的……"您要知道，"他说，"夫人们并不总是珍惜丈夫的美德和精神品质，并不总是给予他，可以说是他有权获得的那种尊敬……"

吉帕德斯库表现出极端愤慨的样子。

干吗白白浪费时间呢！我步步进逼，对他说："您听我说，阁下，稍微耐心一点儿，请把文件拿出来吧！"这个下流东西，看到无法推脱了，于是掏出一封信来……你猜猜看，是谁写给谁的？

吉帕德斯库（勉强控制住自己）：是谁写的？是谁写的，扎哈里亚大叔？

特拉汉纳凯：等等——就会知道的。（一字一顿清清楚楚地笑着说）是你写给我的妻子若伊齐卡的—— 一封写得十分在行的情书……啊？对此你有什么看法呢？

吉帕德斯库（极端愤慨）：不可能，不可能！

特拉汉纳凯：我把它看了十遍，现在已经背下来了！你听着："我最亲爱的卓娅，最可尊敬的那一位（也就是我）晚上要去开会（前天的会议）。我（也就是你）留在家里，因为我要等着布加勒斯特的电报，必须立刻回电，甚至有可能部长会叫我到电报局去。因此请不要等我了，你（也就是我的妻子若伊齐卡）自己来吧，到你的小公鸡（也就是你）这儿来吧，他和往常一样热烈地爱着你，吻你一千遍。凡尼卡。"（凝神逼视吉帕德斯库，后者极端激动不安）

吉帕德斯库（怒不可遏，发疯似的在屋里跑来跑去）：不可能！这个坏蛋，我要打断他浑身上下的骨头！……不可能！

特拉汉纳凯（十分平静地）：当然不可能。不过多么卑鄙呀！……（天真地）好吧，老弟，对某种程度的伪造，我是可以容忍的……不过什么都得有个限度！……唉，凡尼卡，要是你能看一看就好了，简直跟真的一样——你准会发誓说，是你亲笔写的，真的，你准会发誓！（停下来，观察吉帕德斯库，后者紧握双拳，走来走去。惊讶而遗憾地）你们看，他多么激动呀！你理睬他呢，老弟，骂他一声下流货——不就完了吗！干吗要这么生气呢？这种人，毫无办法，咱们可没办法改造他们。难以想象，人类的卑鄙能达到什么程度！

吉帕德斯库（仍然在屋里快步地走来走去）：坏蛋！

特拉汉纳凯：我的朋友，你稍微耐心一点儿，也像我这样，对他说一声："阁下，搞这种阴谋诡计，你很在行，非常在行，对此我给以应有的评价，不过你找错了对象……"要知道，他看到我没有上钩，你知道他怎么样吗？他宣称，如果我不理睬这种事情，那么群众对它可会采取不同的态度。星期天，这封信就要登在报纸上，还要摆在编辑部的窗子里，让每一个想要看的人都能看到。

吉帕德斯库（狂怒地）：我枪毙他！消灭他！得立刻把他弄到这儿来，不管是活的，还是死的，连同那封信一起。（冲向房门）吉查，吉查！普里斯汤达到这儿来呀！

特拉汉纳凯（跟着他跑过去）：稍微……（一个人回来）急性子，一点儿也沉不住气！不是吗？是个挺不错的小伙子，人蛮聪明，又有学问，可就是性子太急——当县长这样可不行。社会上的人既没有道德，又没有原则……得稍微耍点儿手腕才成！

吉帕德斯库（回到舞台上）：坏蛋！流氓！

特拉汉纳凯：安静下来吧，我的朋友，这种胡说八道，不要去管它了，我们还有更重要的事情呢。晚上要开会。决定了，我们提名法尔弗里迪作候选人，是吗？啊？昨天晚上我得知，教员们和卡察文库，还有他们那一伙人，打算大闹一场。需要关照一下吉查，叫他采取措施。卡察文库这个坏蛋要发言反对我们……

吉帕德斯库（仍然焦急不安）：你放心吧，扎哈里亚大叔，晚上卡察文库先生不会出席会议了，而是在另一个地方——关在监狱里。

特拉汉纳凯：怎么样，去吃早饭吗？

吉帕德斯库：不去了，扎哈里亚大叔，谢谢，我有事。你一个人去吧，说我吻若伊齐卡夫人的手。

特拉汉纳凯：随你便。不过一定要来吃午饭。晚上我去开会，你留下来，陪着若伊齐卡，她一个人怪寂寞的。散会以后我们一起打牌……

吉帕德斯库（心不在焉地）：好吧，扎哈里亚大叔。

特拉汉纳凯：再见，凡尼卡。

吉帕德斯库：再见，扎哈里亚大叔……

特拉汉纳凯（向房门走去，吉帕德斯库送他出去）：别为了每一件事而难过，亲爱的。你没看到是些什么样的人吗？社会上既没有道德，也没有原则，用不着激动，需要（目光锐利地）稍微有点儿耐心……（下）

第五场

吉帕德斯库，随后卓娅上场。

吉帕德斯库（神态很不正常，晃晃悠悠地走回来，抱住脑袋，倒在椅子上）：我怎么办？怎么办呢？吉查一直还不来！……

卓娅（从右侧上，脸上一副神秘的样子，很快走到吉帕德斯库面前）：凡尼卡，凡尼卡！

吉帕德斯库（很快地站起来）：卓娅！……你已经知道了？

卓娅（绝望地）：知道了！我是这么不幸，凡尼卡。我就在隔壁屋里，是从后门进去的……我是紧跟在扎哈里亚后面出来的，可是怕让他看见，虽说他并不相信……我什么都听见了，一切。我真是不幸哪，凡尼卡……吉查出去的时候，我叫住他……

吉帕德斯库点点头，表示现在他都明白了。

把什么都告诉他了。只有他能救我们。

吉帕德斯库：你是怎么知道的？

卓娅：扎哈里亚知道了以后，我马上就知道了。瞧！（递给他一张字条，两人都明显地焦灼不安）

吉帕德斯库（读）："女士，我们编辑部里有一份由我们亲爱的县长亲笔签名的文件，它是寄给您的。我们可以把这份文件让给您，交换条件是：运用您对上面提到的那位人物的影响，给我们帮个忙，而您是不会拒绝我们的。那么，女士，恳请来编辑部一趟，以便顺利解决此事，以有利于双方……"（声音里含有绝望的语气）你是什么时候，怎样丢失了那张条子的，卓娅？

卓娅（噙着眼泪）：不知道……前天晚上我离开你这里的时候，它还在我身上，等我回到家里，我不知道……也许它已经不在了……路上我大概掏过手绢儿，于是信就掉出来了——它是放在那同一个衣袋里！

吉帕德斯库：多么不幸啊！

卓娅：我去找过卡察文库了……我刚从他那儿来。他表示愿意把信还给我，如果我们保证选他当代表的话。不然的话，后天信就要被公布出来……

吉帕德斯库（异常激动）：这是一场生死斗争！他想毁了我们！我们得消灭他！……可吉查一直还不来……

卓娅：我派吉查到卡察文库那儿去了，叫他不惜任何代价把信赎回来。

吉帕德斯库：那么吉查是在那里吗？

卓娅：那还用说。

听到吵吵嚷嚷的声音。

吉帕德斯库：这大概是他……（冲向后面那道门，把门打开，立刻跳了回来）躲起来！快！（拉着卓娅的手，和她一起由左侧门下）

第六场

　　法尔弗里迪、布雷卓文内斯库上，两人样子都很神秘；随后吉帕德斯库上。

　　布雷卓文内斯库：说不定这并不完全是这样，也许这只不过是一种手腕……粗暴的手腕，好吓唬那些犹豫不决的人……

　　法尔弗里迪（敏锐地）：今天早上十点钟，我进城的时候，看到最尊敬的特拉汉纳凯先生到卡察文库那儿去了。我已经养成这样的习惯：不管是不是需要和什么人会面，十点整，我一定准时进城。

　　布雷卓文内斯库：嗯！

　　法尔弗里迪：受人尊敬的特拉汉纳凯夫人，今天我也看到了——十一点钟，我从城里回去的时候，她从卡察文库那儿出来……我已经养成这样的习惯：不管家里是否有主顾等着我，十一点整，我一定准时从城里回去……

　　布雷卓文内斯库：我不懂。

　　法尔弗里迪：怎么不懂呢？整十一点……

　　布雷卓文内斯库：不是这个，老兄。我不懂和反对党搞的这些阴谋：你先看见特拉汉纳凯，后来又看见特拉汉纳凯夫人，而我不久前看见普里斯汤达，他也到卡察文库那里去了。

　　法尔弗里迪（加重语气）：你瞧！

　　布雷卓文内斯库（怀疑地）：莫非这是背叛吗？啊？

　　法尔弗里迪：我走得更远，而且认为：我容许背叛，如果是党的利益要求这么做的话，不过那就该让我们也了解这一点！

布雷卓文内斯库：县长理应给我们一把钥匙，解开这个疑团。瞧，他来了！……

吉帕德斯库（由左侧上，心情激动，竭力沉住气，保持自然的态度）：你们好！

布雷卓文内斯库（旁白）：他面色苍白！

法尔弗里迪（旁白）：他脸红了。（高声地）您好，最敬爱的！……

吉帕德斯库（给他们让座）：请，请，请坐！

布雷卓文内斯库：谢谢，最敬爱的，不过我们急着走：已经十二点多了。

法尔弗里迪：我已经养成这样的习惯：不管我有没有要办的案子，十二点一过，我一定准时到法院去……

布雷卓文内斯库：您瞧，是这么回事，最敬爱的，我将讲得简短一点……城里……都在说……

法尔弗里迪：也就是说，请允许说得更确切些，我喜欢不管什么都一股脑儿兜底端出来……有一些谣言……

布雷卓文内斯库：有一些谣言……好像是我们党支持卡察文库作为第二委员会①的候选人。

吉帕德斯库（激动地）：什么党，哪一个卡察文库？

布雷卓文内斯库：怎么，什么党？

---

① 在本书中这个时代里，选民是按所谓"委员会"进行投票的。这种选举制使地主（第一委员会）和房产主（第二委员会）的代表人数大大超过农民（第三委员会）的代表人数。（原注）

法尔弗里迪：也就是说，似乎我们的党——特拉汉纳凯夫人、您——扎哈里亚大叔，我们和所有我们的人——都将支持卡察文库先生。

吉帕德斯库（不自然地笑着）：这是谁说的？

布雷卓文内斯库：请别笑，最敬爱的，您别笑。大家都在开始议论这件事了……

法尔弗里迪：说实在的，人们是有理由怀疑的。

布雷卓文内斯库：特拉汉纳凯先生去拜访卡察文库先生……

吉帕德斯库：嗯——？

法尔弗里迪：特拉汉纳凯夫人去拜访卡察文库先生……

吉帕德斯库：啊——？

布雷卓文内斯库：普里斯汤达去拜访卡察文库先生……

法尔弗里迪：这是怎么回事？

布雷卓文内斯库：我们，可以说，都在担心城里纷纷议论的那件事。

吉帕德斯库（神经紧张）：城里在议论什么？

法尔弗里迪：要完全开诚布公吗？我们担心背叛……就是这么回事！

吉帕德斯库（先看看这一个，再看看那一个，气愤地对法尔弗里迪）：请您听着，法尔弗里迪先生，您是不是以为，您变得比罗马教皇还要虔诚了呢？

法尔弗里迪（坚决地）：不错，当问题涉及原则的时候，我是变得……不……我不是变得……既然谈到了这个问题，我当真是比教皇还要虔诚些。

吉帕德斯库（气愤地）：先生们，在我的家里，我不允许进行这样的指责；请允许我向你们指出，我认为这是侮辱……

法尔弗里迪：咱们别激动，最敬爱的。

吉帕德斯库：怎么能不激动呢，先生们？你们到我家里来找我，来找一个为了给你们组织一个政党而牺牲了自己的前程、留在你们中间的人——你们应该承认，没有我，你们永远也不能组成一个党——你们，我说，你们来到我的家里，公开把我叫作叛徒……不，我可不允许你们这样！

布雷卓文内斯库（从口袋里掏出一张传单）：请看！这不是，拥护卡察文库先生的人现在就在城里散发这个……请您注意，最敬爱的先生，不是手抄的，而是印刷的！

吉帕德斯库（满腔怒火，从布雷卓文内斯库手里夺过传单）：印刷的？

法尔弗里迪（从吉帕德斯库手里夺回传单）：对，是印刷的，对不起……（读）"据确实可靠的消息，我们宣布，我们政治上志同道合的同志，独立派主席卡察文库先生的候选资格，决不会遭到官方反对。不仅如此，我们有重要理由认为，选举委员会主席、极可尊敬的特拉汉纳凯先生，还有我们年轻有为、敬爱的县长，终于深信，在目前政治情况下，像我们的朋友卡察文库先生这样一位独立的政治活动家，最有资格作为我们县的代表，不可能有比他更好的代表了……卡察文库先生今晚将在会上发言……独立委员会。"对此您有什么说的呢？

吉帕德斯库（旁白）：一分钟也不能再浪费了。（高声地）先生们，有刻不容缓的公事要求我立刻到电报局去……请原谅我……不过……（走向一把椅子，摇铃，从后面的门下）

布雷卓文内斯库：有点儿言简意赅，不是吗？

法尔弗里迪：换句话说：请你们出去……妙极了！

吉帕德斯库（在舞台深处出现，有一个仆人和他在一起）：吉查呢？

仆人：我全城都找遍了，凡尼卡老爷，到处都找不到他。

布雷卓文内斯库、法尔弗里迪悄悄地在舞台深处交谈。

布雷卓文内斯库（低声地）：咱们找特拉汉纳凯去。在这儿我们再也打听不出什么来了……走吧。

法尔弗里迪：布雷卓文内斯库，我担心背叛……现在几点了？

布雷卓文内斯库：刚过十二点……

法尔弗里迪：刚过十二点？十二点一过，我准时……

吉帕德斯库（走到他们跟前）：那么，先生们……

布雷卓文内斯库：我们走，这就走，最敬爱的先生，我们不想打搅您……

法尔弗里迪（郑重其事地）：我们走，不过请别忘了，最敬爱的先生，我们也是那个党的党员……正像我对我的朋友布雷卓文内斯库说过的：我容许背叛，（有点儿激动）如果是党的利益要求这样做的话，不过我们也应该知道这一点……这就是我和我们的祖先——勇敢的米哈依和斯特凡大公，经常重复下面这句话的原因：我喜欢背叛，（着重地说）但是痛恨叛徒……（改变语气，从容地）再见，最敬爱的先生！

布雷卓文内斯库（从容地）：祝一切顺利！

吉帕德斯库（在他们后面关上房门，苦恼之极）：唉！（回到屋里）

第七场

吉帕德斯库、卓娅，随后微带醉意的公民（简称"公民"）上场。

卓娅（从左侧匆匆上场）：他们走了吗？……看到了吧，凡尼卡？听到了吗？……吉查一直还不来……凡尼卡，凡尼卡，可怕的灾难正在威胁着我们……

吉帕德斯库：轻一点儿！有人来了。这大概是吉查。（走向后面的房门，微带醉意的公民从门后上）

公民（摇摇晃晃地）：您好！（一直在打嗝，而且站立不稳）

卓娅：这又是个什么人哪？

吉帕德斯库：您有什么事？

公民：我吗？（打嗝）我是选民。

吉帕德斯库（焦急地）：您叫什么名字？

公民：我叫什么名字？您干吗要知道我的名字？……我是不是选民呢？（晃晃悠悠）

卓娅：他喝醉了？

吉帕德斯库：见他的鬼！门口连一个人也没有，什么败类都能进来。滚出去！

公民：我没醉……（微笑）若伊齐卡夫人……我们认识，不是吗？……

打从二月十一号①起，扎哈里亚老爷就认识我了……他，当然，我们拥护卡察文库先生……他是学（协）会里的……不过，我是选民……我（打嗝）有房产……我该投谁的票呢？（打嗝）我就是为这个来的……（摇摇晃晃）

卓娅：叫他走，凡尼卡，攥他出去……他已经酩酊大醉了。

吉帕德斯库（试图平静地说话）：劳您驾，公民，请您走吧！咱们下次再谈……

公民：为什么要下次呢？

卓娅：啊呀！

公民：这会儿我们有什么事呢？您别以为我，可以说，那个……喝醉了……是稍微喝多了一点儿！结果就成了这个样子……（打嗝）吃得太饱了！

吉帕德斯库（皱眉）：该回去了！（想要抓住他）

公民：我捡到了（打嗝）一封信……

吉帕德斯库和卓娅：一封信？

公民：是啊。（对吉帕德斯库）是您给若伊齐卡夫人的信……前天晚上开完会以后，在街上拾到的……您只要想想看，（打嗝）打从前天晚上，我一直在不住地喝！……

吉帕德斯库（双手扼住他的喉咙）：坏蛋！

公民：您别摇，（打嗝）要不我会恶心……

---

① 1866 年 2 月 11 日是亚历山德鲁·库查（1820—1873 年，自 1859 年起为摩尔多瓦公国和瓦拉几亚公国的统治者，1866 年被推翻）被推翻的日子。

卓娅：放开他，凡尼卡，让他讲……

公民：您让我说……我捡到，就是说，我捡到了一封信，我很好奇：里面写的是什么呢？于是走到路灯底下去看……我还没来得及好好地看一遍，这时，卡察文库先生忽然从后面跑过来——伸手就想把信夺过去。

吉帕德斯库（惊恐地）：夺过去了吗？

卓娅（惊恐地）：夺过去了吗？

公民：哪能呢！我把它塞到口袋里了。卡察文库先生对我说："瞧，你是个什么样的人哪，你参加我们的学（协）会，可是收到县长给你的信，好哇！"可我还说："是县长的吗？"（打嗝）他说："我认出了他的笔迹……喂，拿给我看！"我才不给他呢！他说："拿来！"我说："不给！"你一言，我一语，东拉西扯……于是一起喝酒去了，一杯、两杯、三杯…… 一杯又一杯，于是换上大杯，痛痛快快地大喝起来：一会儿是啤酒，一会儿是葡萄酒；一会儿是葡萄酒，一会儿是啤酒……卡察文库先生请客……啊，我可吃饱了，哎哟，真吃饱了！

卓娅：信呢？

吉帕德斯库：信呢？（大喊一声，向他扑去）信在哪儿呢？

公民：您别喊，（打嗝）要不我会恶心……信嘛，在我这儿。

卓娅和吉帕德斯库怀疑地而且急不可待地瞅着他，两人都很焦急。

是的。

卓娅和吉帕德斯库：真的？

公民：不错……它在我这儿。（在口袋里找）嘿！卡察文库先生给我二百列伊，要买这封信。"不，"我说，"敬爱的先生，我不需要您的钱……我，谢天谢地……是个房产主，（打嗝）是个选民……"（打嗝，同时继续在所有口袋里摸索着）总而言之，我……（打嗝）我该投谁的票呢？（不再找了，憨厚地）丢了！（又找，然后坚决地）丢了！

吉帕德斯库：什么？

卓娅：卡察文库偷走了！

公民：也就是纳耶先生。很有可能……要知道，我睡了一会儿。

卓娅和吉帕德斯库惊恐地绞着手。

你们只要想想看，一会儿是啤酒，一会儿是葡萄酒，一会儿是葡萄酒，一会儿又是……

吉帕德斯库（一把抓住他，摇他）：可恶的东西，你干的好事！

公民（倒在椅子上）：您别摇我！

第八场

人物同前场，加普里斯汤达。

普里斯汤达（气喘吁吁地从后面的门跑上）：凡尼卡老爷！若伊齐卡夫人！

吉帕德斯库和卓娅：吉查！

普里斯汤达：他来了！扎哈里亚老爷来了！

公民（扑哧一笑）：扎哈里亚老爷吗？……不可能！（打嗝）我恶心……

吉帕德斯库（指着微带醉意的公民，对普里斯汤达）：把这个家伙弄走……

卓娅：把他从后门领出去。

普里斯汤达（搀起微带醉意的公民）：走吧，公民！（推着他向右边走去）

公民：别推呀，（打嗝）要不我会恶心的。

普里斯汤达（继续推他）：走！

公民：这么说……我该投谁的票呢？

普里斯汤达：快点儿！

公民：你别推呀，（打嗝）要不我会恶心的。

普里斯汤达把他推了出去。

第九场

卓娅、吉帕德斯库，随后普里斯汤达和特拉汉纳凯上。

吉帕德斯库（很快地对卓娅说）：对扎哈里亚，我们用不着担心：他全知道，可是什么也不相信……你听见了吗？

卓娅：凡尼卡，凡尼卡！

普里斯汤达从右侧门上。

怎么样，吉查？你到卡察文库那里去过了吗？

普里斯汤达：去过了。若伊齐卡夫人……他不肯让步，坚持他自己的条件：给他两万列伊，要么给他一张代表当选证书……

吉帕德斯库：应该逮捕他。（坚决地）你去，吉查，带上几个警察……不管是活的还是死的，立刻把他弄了来，马上，带到警察局去！

卓娅：凡尼卡！

吉帕德斯库：去吧！

普里斯汤达：是！（想走）

这时特拉汉纳凯上，脸上带着一副胜利者的神情。

特拉汉纳凯：在一件更重要的事情上，我拿到了他的把柄！

卓娅（倒在他的怀里）：好爸爸，好爸爸！

特拉汉纳凯：若伊齐卡！（对吉帕德斯库）她知道了？

吉帕德斯库：全知道了！

特拉汉纳凯（由普里斯汤达帮着，扶卓娅坐到安乐椅上，看护着她）：唉，老弟，我求你别说嘛！我是知道的，她有多么敏感！瞧，你看到了吧！

看护卓娅。

总之，在一件更重要的事情上，敬爱的卡察文库先生被我拿到了把柄……吉查，快拿杯水来！

普里斯汤达从左侧门下。

吉帕德斯库（拍打卓娅的手掌，好让她苏醒过来）：是件什么事？

特拉汉纳凯（做同样的动作）：稍微耐心一点儿……卡察文库……

吉帕德斯库：是件什么事情？

特拉汉纳凯（加紧拍打卓娅的手掌）：一件新的伪造……真是个骗子！

普里斯汤达（递水）：的确是骗子。

幕下。

第二幕

景同第一幕。

第一场

特拉汉纳凯、法尔弗里迪和布雷卓文内斯库围坐在一张圆桌周围，研究选民名单。每人手里拿着一支彩色铅笔。

布雷卓文内斯库：六十九个——红的，我们的；十一个——蓝的，他们的……

法尔弗里迪：十二个……

特拉汉纳凯：稍微耐心一点儿……一、二……五……七……十……十一……

法尔弗里迪：十二……

特拉汉纳凯：如果把耶纳凯·西里皮亚努也算上的话。

布雷卓文内斯库：自从他把女儿嫁出去以后，他就没有选举权了……房子不是陪嫁给她了吗？不是吗？他要是投票，就要坐牢。

特拉汉纳凯：稍微耐心一点儿……嗯，要是他投我们的票呢？

法尔弗里迪： 那自然就另当别论了……这是不难安排的。下星期他刚好要为教堂的财产管理权打一场官司……不过……投我们的票？就是说，怎么投我们的票呢？

布雷卓文内斯库： 就是说，怎么投我们的票呢？

特拉汉纳凯： 投我们的票。

布雷卓文内斯库： 扎哈里亚大叔，可是您明白我们说的是什么吗？我们自己，我们的党，到底投谁的票呢？我们是在为谁卖力？不是吗，连这个我们都还不知道呢……

特拉汉纳凯： 请你们稍微有……

法尔弗里迪： 我们不知道……

特拉汉纳凯： 请你们稍微有……

法尔弗里迪： 可是我走得更远，我要把我已经对我的朋友布雷卓文内斯库说过的话重复一遍：我担心背叛……

特拉汉纳凯： 什么背叛？

布雷卓文内斯库： 所以我们今天对这种稀罕事，这种怪事感到怀疑……

法尔弗里迪： 这种稀罕事，这种怪事……

特拉汉纳凯： 这种稀罕事，这种怪事？

布雷卓文内斯库： 要是这里有什么名堂……

法尔弗里迪： 有什么名堂……

特拉汉纳凯： 有什么名堂？

法尔弗里迪： 正是这样，如果这是背叛，也就是说，如果是党的利益要求这么做，那我们同意……

布雷卓文内斯库： 不过我们应该知道这一点！

特拉汉纳凯徒然地试图打断他们。

法尔弗里迪：我，扎哈里亚大叔，我要和我们的祖先——米尔恰大公①和符拉德·柴彼什②一起，再重复一遍，我喜欢背叛，可是……

特拉汉纳凯：你们听我说，要稍微……

布雷卓文内斯库：这时候还有什么耐心可言，扎哈里亚大叔！时间紧迫……今天不是要开会吗？

法尔弗里迪：明天开始选举，对吗？

特拉汉纳凯：对。

法尔弗里迪：那么我们到底投谁的票呢？

特拉汉纳凯：请你们稍微耐心一点儿！迄今为止你们是投谁的票？

布雷卓文内斯库：我不懂。

法尔弗里迪：我也不懂。

特拉汉纳凯：等一等，让我们把事情搞搞清楚……

法尔弗里迪：咱们把事情搞搞清楚，正是要搞搞清楚，我们正是要搞清楚。

特拉汉纳凯：你们听我说，你们是什么人呢？是街头的流浪汉吗？不是！是造反的吗？不是！是什么阴谋家吗？不是！你们——就是说我们，都是公民，都是正派人……尤其是我们三个，都是社会秩序的中坚，都是拥有房产的房主，是常务委员会、选举委员会、学校委员会、图拉扬③皇帝陛下纪念碑建造委员会、土地委员会及其他委员会的委员。我们投票选

———————————

① 米尔恰大公（？—1418），1386—1418 年为瓦拉几亚大公。

② 符拉德·柴彼什，14 世纪时罗马尼亚的大公。

③ 图拉扬（53—117），98—117 年为罗马皇帝。

36

举全党提名的候选人……因为国家的安宁要靠全党，而我们个人的幸福则有赖于国家的安宁……

布雷卓文内斯库：这当然是如此……

法尔弗里迪：这当然是如此，不过……

特拉汉纳凯：不过什么？……候选人可能是我，也可能是您，是他，只要这是党的利益所要求的，我们随时等着通知我们候选人的名字……县长马上就要从电报局回来了，是不是呢？电报机在工作吗？——在工作，他还能做什么呢！说不定这会儿，就在我们在这儿说话的这个工夫里，这个名字已经通知了……通过电线……我亲爱的，通过电线，你们认为呢？

法尔弗里迪：这一切出自您的嘴里，听起来是十分美妙的，扎哈里亚大叔，可是我们嘛，您要知道，我们……却担心背叛。

布雷卓文内斯库：不是您这方面……

法尔弗里迪：不，不是您……

特拉汉纳凯：那是谁呢？

法尔弗里迪：是谁，是谁！……您更清楚是谁……

特拉汉纳凯：要是我知道的话，就叫我再也见不到我的若伊齐卡……

布雷卓文内斯库：嘿，老兄，您也装得头脑太简单了……

法尔弗里迪：您听我说，最尊敬的扎哈里亚大叔！咱们最好是把我们的牌全亮出来吧。

特拉汉纳凯：亮出来吧。老弟，让咱们瞧瞧看。

法尔弗里迪：我说过，我担心背叛……嗯……

布雷卓文内斯库：嗯……

特拉汉纳凯：嗯？

法尔弗里迪：您看，是这样的：我们担心我们大家的朋友，他那方面……

特拉汉纳凯：哪个朋友？

布雷卓文内斯库：哪个朋友，哪个朋友？您十分清楚，是哪一个……

特拉汉纳凯：要是我知道的话，就叫我再也见不到我的若伊齐卡……

法尔弗里迪：您又在装傻了……

特拉汉纳凯：真的，不知道。

法尔弗里迪：从我们的朋友……凡尼卡那方面。

特拉汉纳凯（惊讶地）：什么——？

布雷卓文内斯库：从县长那方面。

特拉汉纳凯（皱起眉头）：这怎么可能呢？

法尔弗里迪（断断续续地）：我们担心……怎么跟您说呢……他和卡察文库勾结在一起了……

特拉汉纳凯（越来越气）：和卡察文库？

法尔弗里迪：和这个饶舌的家伙……

布雷卓文内斯库：和这个虚无主义者……

特拉汉纳凯（勉强抑制着内心的激动）：和卡察文库？背叛？凡尼卡是个叛徒？好哇！这我倒是喜欢的！真没想到，竟到了这种地步！

法尔弗里迪：我们嘛……

布雷卓文内斯库：我们嘛，是怎么想的呢？……

特拉汉纳凯（渐渐失去自制）：先生们，请稍微耐心一点儿……我不允许！懂吗？我不允许任何人竟敢让凡尼卡遭受哪怕是丝毫怀疑。你们要懂得，先生们，对我来说，这完全是一回事，无论是有人敢于怀疑我的妻

38

子若伊齐卡……

　　布雷卓文内斯库：若伊齐卡夫人吗，最敬爱的？……

　　法尔弗里迪：您想到哪里去了，扎哈里亚大叔，我们可没……

　　特拉汉纳凯（愤懑地）：请稍微耐心一点儿……我再说一遍：无论是有人敢于怀疑若伊齐卡，还是怀疑我的朋友凡尼卡，对我来说，这完全是一回事……他这个人，我可不是昨天才认识的，我和他推心置腹，友好相处，已经有八年了，几乎是从我第二次结婚以来，我和他就彼此亲密无间。八年来我们亲如手足，我从来没有，连一次也没发现，他有任何不好的行为……难道你们以为，要不是我和若伊齐卡坚决要求他留下来，他肯留在这儿当县长，而不愿调到布加勒斯特去当司长吗？老实说，主要是若伊齐卡坚持要……

　　法尔弗里迪：这是自然啦，夫人们的虚荣心总是更大……

　　特拉汉纳凯（越说越气）：请稍微耐心一点儿……我们坚持，并不是由于虚荣心，也不是因为他是我们的朋友，而是为了党的利益。谁还能胜任当我们这儿的县长呢？

　　法尔弗里迪：也能物色到其他人选的。

　　特拉汉纳凯：对不起，我可不相信您的话。一个具有独立见解，为党、为我们县、为祖国效劳的人……而且也曾为我，为他的朋友效劳。对，他曾经而且在继续为我效劳！……可是，瞧，你们——同一个党的党员（严厉申斥的口气）——竟无缘无故地怀疑起他来，而且使用这种难登大雅之堂的词句……我当真感到惊讶……

　　布雷卓文内斯库：归根结底，我们……

　　特拉汉纳凯：请稍微耐心一点儿……我感到惊讶……（非常气愤）要

39

知道，这就是说，你们对政治一窍不通：无缘无故，就说是背叛！竟到了这种地步！嘿，这样的社会！我那个在大学里念书的儿子说得对：哪里没有道德，哪里就会出卖灵魂，如果说一个社会没有原则，也就是说它没有道德观念……（气愤到了极点）背叛！好哇，凡尼卡是个叛徒！妙极了！（鞠躬告辞）我很荣幸，先生们！（十分激动地由后面的门下）

第二场

法尔弗里迪、布雷卓文内斯库有一会儿工夫面面相觑。

法尔弗里迪：喂，怎么样？这位极可尊敬的扎哈里亚，你可喜欢吗？

布雷卓文内斯库：坚强……十分坚强……是位严肃认真的男子汉。真不知道葫芦里卖的是什么药。只好等等看了。

法尔弗里迪：等等，等到什么时候呢？……可我这就看到了，晚上会议结束的时候，他站起来，摇摇铃，宣布说："先生们，请稍微耐心一点儿——我们委员会的候选人，是大家都尊敬的卡察文库先生……"

布雷卓文内斯库：一个饶舌的家伙。

法尔弗里迪：虚无主义者！这时大家都叫喊起来："好哇！"然后，普里斯汤达伸着舌头跑遍全城，马上就让那位卡察文库先生当上第二委员会的代表，天晓得这位先生从什么时候起就在诬蔑我们，而且到处骂街……可我们却抄着手干坐着吗？这是不可能的。

布雷卓文内斯库：有什么办法呢？跟当局可开不得玩笑！

法尔弗里迪：有什么呢，咱们给布加勒斯特打电报去，给中央选举委员会，给部里，给报纸打电报去。简短，明了！（右手握拳，不时敲打着左手手掌，犹如报务员在发报）背叛！县长及其心腹已把党出卖给虚无主义者卡察文库，他们想选举此人担任第二委员会的代表。背叛，背叛！第三个还是背叛！

布雷卓文内斯库（断断续续地）：厉害，太厉害了！我不签名！

法尔弗里迪（坚决而有力地）：要像我这样勇敢！你应该签名！咱们发一份匿名电报！

布雷卓文内斯库：这样的话，我签名就是了。

法尔弗里迪：我们这样署名——几个党员。

布雷卓文内斯库：要是电报局里认出我们的笔迹来呢？

法尔弗里迪：让别人代抄。

布雷卓文内斯库：让谁抄呢？

法尔弗里迪：总会找到替我们发电报的人。走！

布雷卓文内斯库：可别出什么事啊……

法尔弗里迪（威严地）：拿出点儿勇气来！电报是签名的……几点了？

布雷卓文内斯库：五点。

法尔弗里迪：得快着点儿，五点到六点之间，电报局准时开门……

匆匆下。

第三场

吉查·普里斯汤达独自从右侧上，神色有点儿慌张。

普里斯汤达：收拾了这一个……可一切都是白搭。对卡察文库先生……我……吩咐弟兄们去抓他，他却扯着嗓子大声叫喊："为了宪法，我提出抗议——这是破坏住宅不可侵犯权！""的确不可侵犯，"我说，"可这是抓人——把他带走！"于是就把他抓来了。用马车把他拉到警察局，关进了看守所，我自己却坐着那辆马车又回到他的家里，到处都搜查过了：掀起地板，钻进烟道，每一个缝隙都挖遍了——可就是没有那封信。回到警察局，搜遍了他身上所有的口袋，搜遍了旁的地方……到了儿还是没有！我吓唬他说，凡尼卡老爷有命令，要像拷问偷马贼一样拷问他……可不起作用。"我，"他说，"我只对若伊齐卡夫人一个人说。旁人，随便是谁，我都不说。"我在找她，可是找不到——不在家里，这里也没有……啊，她来了！……

第四场

普里斯汤达和卓娅。

卓娅（快步从后面的门上）：吉查，我可找到你了，这太好了。

普里斯汤达：我也在找您哩，若伊齐卡夫人……

卓娅：吉查，吉查，我听到了什么啊？你们怎么搞的？你们疯了吗？不久前我从家里出来，听医生说，你带着宪兵冲到卡察文库那里，抓住了他，把他带到警察局去，关起来了！你怎么敢这样做呢？

普里斯汤达：遵照凡尼卡老爷的口头命令。

卓娅：凡尼卡呢？

普里斯汤达：不知道。我自己也在找他。

卓娅：你们干吗要逮捕卡察文库？

普里斯汤达：要从他那儿把信夺回来。

卓娅：夺回来了吗？

普里斯汤达：没有，若伊齐卡夫人，不管我怎样搜查他，不管在他家里怎么找，可就是找不到那封信。准是藏在旁的地方了。

卓娅：吉查，你们可把我毁了！明天那封信就会登报，你们这样胡闹，都是枉费心机。没有卡察文库，教员们也会把报纸登出来的……政府会怎么说呢？布加勒斯特会怎么说呢？当他们得知你们破坏了卡察文库的住宅不可侵犯权，在选举前夕逮捕了他的时候，他们会说什么呢？而且这是在我们向政府做了保证，保证一切都会安安静静、太太平平地进行以后！难道在这以后，凡尼卡还能再做县长吗？

普里斯汤达：忘了向您报告了——不管我怎样许愿，也不管我怎样威胁他，卡察文库只有一个回答：除了您，他不愿意跟任何人说话。

卓娅：跟我？快去，吉查，放了他，用我的名义请他到这里来……我等着他！

普里斯汤达：只要凡尼卡老爷……

卓娅：吉查，如果你爱惜自己，如果你爱惜你自己的家……

普里斯汤达：怎么能不爱惜呢，若伊齐卡夫人？……十一口人哪！

卓娅：快点儿跑，马上就去，没有卡察文库，你就不要回来！对他要客气些！叫一辆马车，赶快！

普里斯汤达：是！

卓娅：你还没走吗？

普里斯汤达：走了！……

第五场

卓娅独自一人。

卓娅（神经质地取出一张报纸，读道）："明天我们将在我们的报纸上公布一封很有趣的情书——本城一位很有地位的人士写给一位很有势力的夫人的情书。从明天起，原件将在我们编辑部内供好奇者欣赏。这就是我们暂时所能宣布的一切：'Abonentendeur salut！'①"怎么办呢？……（惊慌不安地在屋里走来走去，后来突然站住，似乎忽然有了一个新的主意）我们应该选举卡察文库。说空话没有用，也没有好好考虑的时间。这个坏蛋把我们紧紧地攥在他的手心里，继续和他斗下去是幼稚，是疯狂……凡尼卡必须和他达成协议……必须……再说，归根到底，卡察文库有哪一点儿不能当代表呢！他并不比别人差……可是凡尼卡在哪儿呢？他跑到哪里去了？

第六场

卓娅、吉帕德斯库由后面的门上。

吉帕德斯库：卓娅！你在这儿吗？

卓娅：凡尼卡！我在等你……你干了些什么呀？你逮捕了卡察文库。你想过没有，你这是在干什么？你怎么会想起来要这么干的？你为什么要

---

① 法文谚语，意思是"有耳朵的听着！"

这么干哪?

吉帕德斯库（气愤地）：为什么，为什么……你问我：为什么？为了你干的蠢事，为了避免你疏忽大意所造成的后果。能够这样心不在焉，这样马虎大意吗？把情书和手绢儿一起塞到口袋里，然后丢失它，就像丢失一张废纸，就像散戏以后丢掉一张戏报一样……老实说，我可没料到你会这样轻率！天哪，你总算是个成年的女人，可不是小孩子啦。这样粗枝大叶，无论是在小说里，还是在戏剧里，都找不出来！

卓娅：骂我吧，凡尼卡，骂吧……（哭）对，你说得对……我的行为简直像个黄毛丫头……我干了极蠢的蠢事，不过现在需要改正它。凡尼卡，如果你爱我，如果你哪怕是过去曾经爱惜过我，那么你就救救我吧……救救我，叫我不致蒙受耻辱！你是个男人，你反正无所谓！对你来说，把我们的关系宣扬出去，并不是什么灾难……可是对于我……凡尼卡，你想一想……你只要想想看。（哭）

吉帕德斯库：正是因此，我才采取了措施，好让卡察文库不能为害。

卓娅：徒劳无益，凡尼卡！即使卡察文库今天死了，明天他的报纸反正还是要把信登出来的。仁慈的上帝呀！大家将怎样竞相争夺那张报纸，要怎样指指点点地议论我，怎样嘲笑我呀！……一个星期、一个月、一年，将只是谈论我们的关系……在这个小城里，无论是男人、女人，还是孩子，除了散布谣言，再没有别的消遣，即使没有任何口实，也要飞短流长……一旦有了口实……而且是什么样的口实啊！你想想看，凡尼卡，会怎样纷纷议论哪！多么丢脸，为城里的新闻提供了多妙的材料！……到那时我该怎么办呢？寻死吗？有什么呢，我就去死好了，如果你希望这样的话……在这以后，活着还有什么意思呢？……

吉帕德斯库：到那时，如果没有旁的出路的话……卓娅！你爱我吗？

卓娅：爱。不过，你救救我。

吉帕德斯库：咱们一起逃跑吧……

卓娅（后退）：你疯了！那扎哈里亚呢？你的地位呢？如果我们不见了，就会闹得更凶、更丢脸，你想过吗？……

吉帕德斯库（陷入绝望）：这么说，我们没有出路了吗？

卓娅：不——出路是有的！

吉帕德斯库：什么出路？

卓娅：支持卡察文库的候选资格！

吉帕德斯库（勃然大怒）：不可能！

卓娅：选举他！

吉帕德斯库：决不！

卓娅：必须这样！

吉帕德斯库：无论如何绝不可能！你想想看，你在说什么呀！瞧，这是我截获的一份电报。把它送到电报局去的，就是拾到你那封信的那个坏蛋，昨天的那个酒鬼。电报是匿名的。我把它扣下来了，并且命令电报局里，不经我过目，不得发出任何一份电报。不过怎么能辨认密码电报呢？……你听听这一份："背叛！县长及其心腹已把党出卖给虚无主义者卡察文库，他们想选举此人担任第二委员会的代表。背叛！背叛！第三个还是背叛！"署名是："几个党员。"不，无论发生任何情况，我们也不能支持这个坏蛋做候选人。不，不！再说一遍，不！……需要好好想一想，找到一条旁的出路……

卓娅（沮丧地）：我看不出还有旁的出路……旁的出路是没有的。

吉帕德斯库：那么……

卓娅：那么……（噙着眼泪）就别管我啦！丢弃我，让我去受苦受难……让我蒙受耻辱，让我去死。你杀死我吧，而我曾经爱过你，曾为你牺牲了自己的一切……看你弄得我落到了什么样的下场！这就是你海誓山盟的价值！你毁了我！（坚决地）在丑事还未宣扬出来以前，我先自尽了吧，今天，现在，就在这里！为了你，我已经到了毁灭的边缘；你能够，可是不愿意救我……（哭）

吉帕德斯库：卓娅，卓娅！

卓娅：别管我……既然对你来说，你的虚荣心，你那微不足道的政治利益比我的名誉，比我的生命还要宝贵，最好还是别管我了！……让我死吧……（哭）我死的时候，心里会想着：八年来，每一分钟你都在欺骗我，你从来也没爱过我，从来没有……从来没有……从来没有……

吉帕德斯库：卓娅，等等，咱们再想想看！

卓娅：凡尼卡，我们没有时间再想了！每一分钟都迫使我更走近毁灭……你得当机立断哪！

吉帕德斯库（自我斗争）：当机立断，当机立断！……

卓娅（噙着眼泪）：不久前我在城里得知卡察文库被捕的消息，立刻像个疯子似的跑到编辑部去。瞧，这就是他们委员会散发的传单。（把传单递给他）

吉帕德斯库看传单。

现在你该明白了，在他被捕以后，他们会做出什么事来？

吉帕德斯库：这个人是在玩儿命！

卓娅：不是玩儿他的命，凡尼卡，是玩儿我的命。我再跟你说一遍……二者必选其一：要么是你爱我，那么我就会活下去，而你必须对我让步，因为我们斗不过卡察文库；要么是你不爱我，那么我就去死，因为这是你容许的，至于以后怎么样——对我来说，反正都无所谓了。（沮丧地）我已经拿定了主意……（又完全恢复了毅力）不错，我拿定了主意，不过我不想不经过斗争就去死，我要斗争，（精力越来越充沛地）要和所有的人，要和一切斗争！也要竭力和你斗争，和你，你这个忘恩负义、冷酷无情的人！我一定要和你斗争，因为目前你是最严重的障碍，这是你在妨碍我，不让我重新获得安宁！……对，我拿定了主意，我应该战胜一切……还有你。我不是开玩笑，我已经命令吉查释放卡察文库，并以我的名义请他到这里来……

吉帕德斯库：疯狂的女人！你搞些什么呀？

卓娅：我做了我认为必须要做的事。既然你不愿意支持卡察文库，既然你不想为了我帮助他竞选，那么我就自己支持他，我自己选举他……

吉帕德斯库：什么？

卓娅：对，我选举他。我拥护卡察文库，我丈夫和所有追随他的人也都将拥护卡察文库。谁反对卡察文库，他就是反对我……有什么呢，凡尼卡？跟我斗嘛，你毁了我嘛，而正是你曾经发誓说，你是爱我的……咱们看看，到底谁斗得过谁。（向右侧门走去）

吉帕德斯库：卓娅！

卓娅：别管我！（下）

吉帕德斯库（跟在她的后面）：卓娅，卓娅！（跟着她下）

短时间空场。

第七场

普里斯汤达和卡察文库。

普里斯汤达（出现在门口，恭敬地请卡察文库先走）：请，尼库①老爷，请进……（谦恭地）所以，就要请您原谅了，因为我们的职务就是如此，要求（严肃地）绝对执行自己的职责……您比我更明白……对警察来说，大家都是一样的：哪怕是亲爹，只要有命令逮捕他，那就得逮捕，毫无办法。公事嘛！（低声下气地）因此求您高抬贵手，请多多原谅……

卡察文库：算了，吉查，用不着来这一套……对你们警察的情况，我们十分清楚。（以教导的口吻）在一个立宪国家里，警察这个差事，不大不小，不过是个工具！

普里斯汤达：的确是工具！

卡察文库：有罪的不是打人的手，而是发号施令的意志……关于这一点，我甚至写过一篇文章。不知你看过没有？

普里斯汤达：大概看过，尼库老爷——我总是像读圣经一样看您的报纸……您别看我这么……就是说，当差这么卖力气……（信任地）可我心里却有旁的想法，没有法子—— 一大家子人……养家糊口的薪水只有一点儿……

卡察文库：不过，说到底，如果没有刽子手，难道会有人受苦受难吗？

---

① 尼库、纳耶，都是尼古拉耶的小名。

普里斯汤达：正是如此，尼库老爷！

卡察文库（改变语气）：公民，请别忘了，我是在什么条件下来到这里的！我是在县长的家里，可是不愿意见到他。我不能损害我自己的名誉。我是应特拉汉纳凯夫人的召唤来的，而我也愿意见她。

普里斯汤达：那是自然，尼库老爷，若伊齐卡夫人，只是她……凡尼卡老爷也不在家……请，请，尼库老爷，您请坐！我去禀报若伊齐卡夫人，说是您来了……（想走）

卡察文库：你可以再加上一句，我急于回到监狱里去，由于她对我没有好感，才使我进了监狱。

普里斯汤达：是。（旁白）嘿，真是个滑头！他准会成为一位出色的县长的！（以钦佩的眼光偷偷地向卡察文库看了一眼，下）

第八场

卡察文库独自一人。

卡察文库：终于盼到了，他们投降了！难道能不是这样吗？最最宝贵、最最亲爱、最可尊敬的扎哈里亚大叔！（笑）我仿佛已经看到，今天晚上他宣布我为委员会候选人的那个样子了。可怜的法尔弗里迪！……（严肃地）不朽的甘必大 ① 说过，目的证明手段是正当的！……亲爱的凡尼卡大概懊恼已极，都快气炸了……那对我就更好了！他丧失理智——那对他就更糟！我被捕了——这对我却更好！若伊齐卡夫人最明白道理，她叫

---

① 甘必大（1838—1882），法国资产阶级政治家。

我来，而我，一个彬彬有礼的人，打算恭恭敬敬地吻一吻她的小手……毫无办法——正是这只小手会把当选证书交到我的手里！……可是若伊齐卡夫人在哪儿呢？……我没看到她呀……（四面环顾）

这时吉帕德斯库在右侧门内出现。有一瞬间他站着一动不动。

（很不愉快地吃了一惊。旁白）吉帕德斯库！我可是宁愿见到卓娅！

第九场

卡察文库和吉帕德斯库。

吉帕德斯库（从右侧上，双眉紧锁，两手握拳。在门槛上稍站了一会儿，用眼睛打量了一下卡察文库，镇静地走向后面的房门，又在那儿稍站了一会儿。旁白）：沉住气，凡尼卡！

卡察文库（窘迫地）：请原谅我，阁下，如果您觉得我，可以这么说吧，是以一种有点儿不大平常的方式来到这里……不过，应该向您声明一下，您的警察局长受命逮捕了我，把我带到了这里……我根本没想到会遇到您……

吉帕德斯库（旁白）：无耻之徒！

卡察文库：您要知道，我得到通知，叫我到这里来……不然，我是不会来的……不过，归根结底，如果说我是个阶下囚，那么我就留在这里……如果说我自由了——而我所要求的也只有这一点——那么我可以立刻就走……

吉帕德斯库（一直不耐烦地轻轻踏着脚，走近前来，透过齿缝慢慢地说）：亲爱的而又尊敬的卡察文库先生，我不明白，为什么两个办事认真的人要采取这样文雅、这样巧妙的手法，要用这样过于华丽的辞藻说上那么冗长的一大段，而不说这些，情况也已经十分清楚了……我是个玩儿明牌的人……请允许我对您说几句话……请坐，请坐。（让他坐到椅子上去。旁白）我要尽力控制住自己。幸好卓娅不在这里。

卡察文库：阁下，您喜欢玩儿明牌——好吧，我同意；我也不喜欢多说废话——简短些！（用手一劈）我们可以来个快刀斩乱麻，立刻解决问题。

吉帕德斯库让他坐安乐椅。

（卡察文库轻轻地推开它）谢谢。

吉帕德斯库（坚持地）：请，请坐，请啊！

卡察文库（推开安乐椅）：谢谢。

吉帕德斯库（凝视卡察文库，生气地）：请坐！……

卡察文库（已经稍稍走开一些，但终于让步，不乐意地坐到安乐椅里）：谢谢。

吉帕德斯库：好极了。（坐到卡察文库身边，后者挪开一些，吉帕德斯库挪近一些，卡察文库又挪开一些，一个挪近，一个挪开……）总之，阁下，您——用的是什么方法，这无关紧要——占有了我的一封信，而这封信可以损害一个家庭的名誉……

卡察文库（故作姿态）：啊？

吉帕德斯库：请原谅我，如果我得罪了您的话。我尽量说得更简短些：您是个讲求实际的人，您那里有一件我需要的东西，而且您也知道，我是多么需要它……我是在对您说（十分客气地）：阁下，您想得到什么来交换这件东西呢？

卡察文库（故作天真地）：而您不知道吗？

吉帕德斯库（以同样的语气）：不知道……

卡察文库（以同样的语气）：您连一点儿都没有想到吗？

吉帕德斯库：没有……所以我才问您……

卡察文库：阁下，（有尊严地）一个政治家……

吉帕德斯库（讥讽地）：所以您……

卡察文库：对不起……一个政治家应该，特别是在我国目前的政治情况下，在这种能够激起全国人民运动的政治情况之下，如果注意到任何一个立宪国家，尤其是像我们这样年轻的一个国家过去的情况，那么这种运动……

吉帕德斯库（不耐烦地轻轻踏着脚）：对不起，阁下，不过我再（一字一顿，十分清楚地）问您一次：您要求用什么来换那封信？简短一些，简短一些！（重复卡察文库劈手的姿势）

卡察文库：好极了，如果您要我简短一些，那好吧——我要（请求的语气）您不反对我的候选资格；不仅如此，还要求您支持……

吉帕德斯库（已经想要冒火了）：您的候选资格！（控制住自己）可是，阁下，您不觉得，您要求得太多了吗？

卡察文库：在这种情况下，应该由您来回答这个问题，因为提议交换的是您，而不是我……

吉帕德斯库（挪近卡察文库，后者挪开一些，吉帕德斯库又挪近一些，一个挪近，一个挪开……和前面的情况一样）：不，说真格的，您不觉得您要求得太多了吗？啊，您认为呢？

卡察文库（天真地）：不。

吉帕德斯库（意味深长地）：如果目前县委员会的全体委员集体辞职，为最亲爱的卡察文库先生腾出位子来呢？

卡察文库（温和地微笑）：这真是一件微不足道的小事，敬爱的……

吉帕德斯库：如果那同一位卡察文库先生被任命为国家律师呢？……

卡察文库（继续微笑）：少了点儿，最可尊敬的……

吉帕德斯库：如果目前出缺的市长职位和圣尼古拉大教堂监督官的职位也都任命那同一位卡察文库先生呢？啊？

卡察文库微笑着，否定地摇摇头。

如果再加上郊区的"扎沃伊"庄园呢……

卡察文库（微笑着，以同样的语气）：请允许我，敬爱的……一个政治活动家应该……有责任……特别是在我国目前的政治情况下，在这种能够激起全国人民运动的政治情况之下——（津津有味地，故意拖长声音，以一种扬扬得意的语调，特别加重语气）如果注意到任何一个立宪国家过去的情况，尤其是像我们这样一个年轻的国家，一个刚刚由……

吉帕德斯库（不耐烦地轻轻踏着脚，打断了他）：卡察文库，请别说无聊的空话！这一切对于头脑简单的人是挺不错的……谷糠骗不了有经验的麻雀……别兜圈子，直截了当地说吧，要派您担任什么职位？您想要我做什么？（狂怒地站起来）

卡察文库（也站起来）：我想要什么，我想要什么！您十分清楚我想要什么。我想要的，是经过这样长期的斗争，我理应得到的东西；我要的是我在这个愚人城里应该得到的东西，在这个城市里……在所有政治活动家之中……我是首屈一指的……我想要……

吉帕德斯库（焦躁地）：您到底要什么？

54

卡察文库（也是焦躁地）：我想要得到……代表的当选证书，这就是我想要的东西，旁的什么都不要！什么都不要！您听见了吗？（短暂的停顿，随后改变语气，越来越曲意逢迎地）我应该得到这个！求求您，不要妨碍我……请支持我吧……请引导我参加选举。后天这个时候，当我以法定多数当选，被宣布为代表的时候——您将收到那封信。（十分亲热地）我以我的名誉起誓！

吉帕德斯库（越来越失去自制）：以您的名誉？……如果我不能这样做呢？……

卡察文库：您能！

吉帕德斯库（勃然大怒）：如果我不愿意，如果我不想选您呢？

卡察文库（执拗地）：您应该愿意。

吉帕德斯库（勉强忍住）：您忘了，和我这样的人是不能开玩笑的。不，我不想选您！

卡察文库：必须如此！

吉帕德斯库：不！

卡察文库：您应该愿意，如果您哪怕多少有一点儿珍惜名誉的话……

吉帕德斯库（忍不住了）：坏蛋！

卡察文库后退一步。

无耻的骗子！我不知道是什么在妨碍我，不让我打穿你的脑袋……（冲到墙边，抄起一根棍子，跑到卡察文库跟前）恶棍！马上把信还给我，告诉我，信在哪里……要么我就像打死一条狗一样，打死你！（向卡察文库扑去）

卡察文库逃跑，绕过桌子和沙发，推翻一把把椅子，冲向窗户，推开

窗子。

卡察文库（浑身发抖，对着窗子大叫）：救命，救命啊！吸血鬼要打死我了！县长是杀人犯！救命啊！

第十场

人物同上场，卓娅从右侧门跑上。

卓娅（冲过去站在卡察文库和吉帕德斯库之间；极端激动不安，用恳求的语气）：卡察文库先生，看在上帝的分儿上，卡察文库先生！我求求您——请您别喊……凡尼卡，你疯了！卡察文库先生，我求求您……

卡察文库（激动地）：我怎么能不喊呢，夫人？

吉帕德斯库（疲倦地倒在右边一把椅子上，从额上擦汗）：坏蛋，坏蛋！

卓娅（恳求地）：卡察文库先生，求您原谅凡尼卡暴躁发火，这使他忘乎所以了……

卡察文库：夫人，这里可不是什么原谅的问题……我得立刻离开这儿，在我的生命遭受危险的屋里，我连一分钟也不能再待下去了……

卓娅：卡察文库先生，您是一位深明事理、讲求实际的人，无论从谁那里得到您如此需要的东西，归根结底，这对您反正都是一样的……

卡察文库：我不明白……

卓娅：为了交换所谈到的那封信，您要求得到代表的当选证书。您以您的名誉起誓说，后天，当宣布您当选为代表的时候，您就把信交还给让您当选的那个人……这一点我能做到，我和我的丈夫，那么您也把信还给我……同意吗？……

卡察文库（猜到了是怎么回事）：同意……

卓娅（轻轻地对吉帕德斯库，后者正坐在安乐椅上，陷入沉思）：凡尼卡，希望你明白，当我战胜你的抗拒，收回那封信以后……我们之间的一切，就什么都完了。（高声地）我们谈妥了吧，卡察文库先生……

卡察文库：对，夫人，完全……不过……（向吉帕德斯库那边做个手势）

卓娅（央求的语气）：凡尼卡，凡尼卡，拿定主意吧！难道你是我的敌人，难道你不珍惜我的安宁吗？你回答呀！……（温柔地）凡尼卡！……

吉帕德斯库（放下武器，站起来）：归根结底，既然你希望这样……那就这样吧，豁出去了！……（坚决地）卡察文库先生，您是卓娅的候选人，您是扎哈里亚大叔的候选人……所以，您也是我的候选人！后天您就是代表了！

卓娅（得意扬扬）：啊！

卡察文库：后天您就会得到……

门后传来喧闹声和特拉汉纳凯的声音："请稍微耐心一点儿！"

卓娅：好爸爸！

吉帕德斯库：扎哈里亚！

卡察文库：极可尊敬的先生！

吉帕德斯库：你们俩快躲起来……他不应该看到你们……

卓娅很快地从左侧门下，吉帕德斯库和卡察文库由右侧门下。

第十一场

特拉汉纳凯独自一人。

特拉汉纳凯：一个人也没有……而仆人，这个糊涂虫，却说凡尼卡和卓娅都在这里……（走向右侧旁门，轻轻敲门）一个人也没有！（敲敲左侧的门）一个人也没有！（想由后面的房门出去，但突然想起了什么）啊，差点儿忘了！（坐到写字台前，拿起纸和笔，一面写，同时出声地念他所写的内容）"亲爱的凡尼卡，到你这儿来过，但没碰到你！半小时以后再来。开会之前我们必须见一面。请一定等着我，别走开，稍微耐心一点儿……特拉汉纳凯。"（把条子放在显眼的地方）咱们这就要把亲爱的卡察文库先生彻底揭穿了。（由后面的门匆匆下）

有一瞬间舞台上空无一人，随后左侧和右侧的房门轻轻打开。卓娅从左侧，吉帕德斯库和卡察文库从右侧上。

第十二场

吉帕德斯库、卡察文库、卓娅，随后微带醉意的公民上。

吉帕德斯库：该死的政治，一分钟也不得安宁！（走向后面的门，把它关上）现在谁也不会妨碍我们了……（对卡察文库）我到电报局去，把您的候选资格通知布加勒斯特……请在家里等我的消息。晚上开会的时候您的举止要有分寸……需要很有分寸……

　　舞台深处传来敲门声；舞台上大家默默不语，谁也不动；又敲了一下，然后是三声口哨声。

　　这是吉查——他的暗号！（打开后面的房门。微带醉意的公民惊讶地吹着口哨，出现在门口）

　　吉帕德斯库：又是你。（后退）

　　卡察文库：越来越糟！（想躲到卓娅背后）

　　公民：对，这又是我！（打嗝）我来，还是为了早晨咱们谈过的那档子事……怎么办呢？不是吗，明儿个就开始了……可我……可我该投谁的票呢？

　　吉帕德斯库（拦住他的路）：投谁的票，投谁的票！别打搅我，把我烦死了——随便你投谁的票……

　　公民：要是这样的话，那我就谁的票都不投……

　　吉帕德斯库：好吧，别打搅我了，我们不想对任何人施加压力。

　　卡察文库（插嘴）：对不起，请原谅。恰恰相反，我却认为，在一个立宪国家里，尤其是在像我们国家这样一个年轻的国家里，当局应该……

　　卓娅（也插嘴说）：当然啦……

　　公民（对卡察文库）：嘿嘿，敬爱的先生，我还没看到您哩：您好！一千年健康长寿！您要了我，也就是说，要得可真不轻，是吗，啊？先是啤酒，然后是葡萄酒，不是为了，请注意，不是为了尊敬别人，不……而是为了在那封信上要花招……好哇，卡察文库先生！

　　卡察文库：啊，啊！

　　卓娅：凡尼卡，凡尼卡！撵走，他真讨厌！

吉帕德斯库：喂，我好言好语地求你，别打搅我们了……您想跟我要什么呢？

公民：难道我没说过吗？（打嗝）明儿个就开始了……嗯，可我？（打嗝）我投谁的票呢？投谁的票？……（把手伸向想象中的票箱，打嗝）

卓娅：投卡察文库先生的票。

公民：投谁的票？（打嗝，忍不住扑哧一笑）您别逗我笑，不然我会恶心的……

吉帕德斯库（越来越急躁，一把抓住微带醉意的公民的手臂，摇他）：因为你是个醉鬼……

公民：别拉我，不然我会恶心的……

吉帕德斯库（仍然焦躁不安）：因为你没发觉，人家从你口袋里把信给偷走了……

公民：不要紧……咱可以另捡一封……

吉帕德斯库：别打断我的话……因为你是……

公民：选民……

吉帕德斯库：不……是醉鬼，是败类，是个不可救药的人。

卓娅：凡尼卡！

吉帕德斯库：对，是个醉鬼！这会儿你也不是个清醒的样子，你喝多了……

卡察文库笑。

公民：一点儿也不醉！

吉帕德斯库（厌恶地）：隔着几里地就能闻到你嘴里的酒味……（推他）

公民（摇摇晃晃）：这是我天然的气味……

吉帕德斯库：你身上一股罗姆酒味。

公民：可真新鲜，莫非您希望我身上有煤油味吗？

吉帕德斯库：对，像你这样的人，就该投票选举敬爱的卡察文库先生……对于这样的选民，再找不到更好的候选人了……

卓娅：凡尼卡！

卡察文库（微笑）：您真是讥讽永远不离口啊，最可尊敬的先生。

第十三场

人物同上，加法尔弗里迪、布雷卓文内斯库和特拉汉纳凯。

吉帕德斯库（越说越激动）：对，我们为卡察文库先生尽力，我们支持卡察文库先生，您要投卡察文库先生的票。请您注意，我们选举他并非迫不得已，而是因为，他是我们城里最正直的公民……

卓娅：凡尼卡，安静下来吧。

吉帕德斯库：对，我心情是平静的……因为他……

法尔弗里迪、布雷卓文内斯库和特拉汉纳凯出现在舞台深处，听他说话。前两人打着手势把舞台上发生的事指给第三个人看。

他和别人不同——不是下流货，不是骗子，不是坏蛋……（越说越激动）因为，我再说一遍，对于像您这样神智清爽、政治嗅觉敏锐的选民们，再也找不到比卡察文库先生，再也找不到比（着重地）敬爱的卡察文库先生更好的代表了！（厌恶地推开微带醉意的公民）

卡察文库（温和地微笑）：真厉害呀！

布雷卓文内斯库（从舞台深处）：啊！

法尔弗里迪（对特拉汉纳凯）：瞧，这就是背叛！我跟您说什么来着，最尊敬的先生？

大家一起走近台口。

特拉汉纳凯：请稍微耐心一点儿！

卓娅：好爸爸！（扑向特拉汉纳凯，把他拉到一旁，坚决地打着手势，和他低声耳语）

卡察文库和微带醉意的公民在舞台另一端轻轻地交谈。

吉帕德斯库：请你们让我安静一下吧！

法尔弗里迪：对不起，最尊敬的先生，不过我们要到布加勒斯特去！

布雷卓文内斯库：把一切都告诉……

吉帕德斯库（旁白）：你们都统统见鬼去吧！（走到特拉汉纳凯和卓娅跟前）

法尔弗里迪：报纸！

布雷卓文内斯库：还要报告中央选举委员会！

法尔弗里迪：和政府！

公民（向卡察文库指指法尔弗里迪和布雷卓文内斯库）：嘿，你呀！……你们都别吵了，要不我会恶心的！

卡察文库及微带醉意的公民在一旁和法尔弗里迪及布雷卓文内斯库热烈地交谈。

特拉汉纳凯：这儿到底出什么事了，凡尼卡？

吉帕德斯库：扎哈里亚大叔，请别问我！

卓娅（坚决地）：你别作声，好爸爸，需要这样……

特拉汉纳凯：为什么？

卓娅（很快地说）：如果你爱我，如果你爱惜我，现在你就一个字也不要说——以后我把什么都告诉你。

三人低声耳语。

卡察文库（对法尔弗里迪和布雷卓文内斯库）：对不起，诸位阁下，你们不能指望，在上层社会里会比敬爱的……

大家都听着，吉帕德斯库在舞台深处神经质地踱来踱去。

最正直的吉帕德斯库先生受到更大的信任……

特拉汉纳凯：不错！

卡察文库：会比我们祖国最廉洁……

公民：对！

卡察文库：最忠心耿耿的县长，受到更大的信任！

卓娅：当然！

卡察文库：请允许我说，你们的一切激动不安仅仅是——我重复一遍——仅仅是出于个人的考虑，而当问题涉及……像你们这样的个人时……

公民：真没想到！

法尔弗里迪：他在侮辱我们！

布雷卓文内斯库：好哇！

卡察文库：朋比为奸者，最尊敬的先生，必然争权夺利！

卓娅（对特拉汉纳凯）：自然是啦！

卡察文库：选民会做出判断的……

卓娅（鼓励微带醉意的公民和特拉汉纳凯）：对，选民会做出判断的！

特拉汉纳凯：自然，选民是会做出判断的！

公民（郑重其事地）：对，我们是会做出判断的！

第十四场

人物同前场，加普里斯汤达，他手持电报由后面的门跑上。

普里斯汤达：凡尼卡老爷！电报，十万火急，加急电报！

卓娅：电报？

大家回转身去。

吉帕德斯库（神经紧张地拆开电报，读）："贵县第二委员会无论如何——重复一遍——无论如何务必选举阿加米查·丹丹纳凯先生。这是对您的忠诚最高的，也是最后的考验……"

大家都做一动作。

啊！

法尔弗里迪和布雷卓文内斯库：啊！

卓娅（坚决地）：不，决不会这样！无论是谁，我们都要和他斗争……我们要和政治斗争！……

吉帕德斯库疲倦地倒在椅子上。

特拉汉纳凯：请稍微耐心一点儿！

卓娅：对，好爸爸！我们要和政府斗争！

卡察文库：对，我们要和政府斗争！

卡察文库、卓娅和特拉汉纳凯站在一边；法尔弗里迪和布雷卓文内斯库满意地搓着手，站在另一边；普里斯汤达站在舞台深处；吉帕德斯库神情疲惫地坐在椅子上，仿佛所发生的一切都与他无关；微带醉意的公民站在中间。

公民（重复旁人的话）：对，我们要斗争……（打嗝，改变语气）不，我还是……不和政府斗争吧！……

幕下。

第三幕

市府大厅，形状像一个六面体，只能看到它的三面。后景有三个门：中间是入场门——通向走廊，右侧门上有一块牌子——公民身份证登记处，左侧门上挂着——档案室。中景左侧门上挂着一块牌子——市长办公室，右侧另一道门上挂着一块牌子——收发室。大厅左侧，直到档案室，用栅栏隔开，栅栏上蒙着绿色帘子。左边，栅栏这边是主席台，台上放一张桌子和一把主席坐的扶手椅。桌子前面，稍低一些，是讲坛。桌子上摆着两个烛台、两个墨水瓶、一个铃铛和一叠纸，讲坛上有一个装着水的长颈玻璃瓶和一个玻璃杯。大厅右边和靠讲坛的地方，一条挨一条地摆着些长凳和椅子；只有从入场门穿过整个舞台的一条很窄的过道空着。墙上有几盏灯，灯光暗淡。特拉汉纳凯端坐在主席的椅子上，布雷卓文内斯库及其他几个人坐在靠近桌子的地方。选民们、公民们和群众在讲坛前面，背对讲坛，有的站着，有的坐在长凳和椅子上。其余的地方也都挤满了人。卡察文库坐在讲坛前的第一排，和他在一起的有约内斯库、波佩斯库、其他教员以及所有拥护他的人。法尔弗里迪站在讲台上，幕启时正在休息。大厅里人声嘈杂。主席摇铃。

第一场

特拉汉纳凯、卡察文库、布雷卓文内斯库、法尔弗里迪、约内斯库、波佩斯库、选民们、公民们、群众。

人声嘈杂。

法尔弗里迪（从讲坛上）：对不起！（用玻璃杯喝水）对不起！……

人声嘈杂。

特拉汉纳凯（摇铃）：先生们，敬爱的公民们，（温和地）请安静些！当前要解决的是一些重要的、十分紧迫的问题……请稍微耐心一点儿……（对法尔弗里迪）请接着说吧，阁下，该您发言！

法尔弗里迪（对会议）：……那么，从历史的和法律的观点对问题加以阐述以后，我就要结束了，要尽可能讲得简短些……

波佩斯库：真的吗？……只要你能够说话算数！

教员们中发出了一阵笑声。

法尔弗里迪：请不要打断我的话，对不起……

特拉汉纳凯（对那些教员）：请你们不要打断发言！

法尔弗里迪：……那么，从历史的和法律的观点对问题加以阐述以后，我就要结束了，我已经说过，要尽可能简短些。（拿起杯子喝一口水，喘一口气，接着有节奏地，仿佛是开始讲一个故事）整——整——在——

一——千——八——百——二——十—— 一 ——年①……

卡察文库（那一小群人中人声嘈杂，并提出抗议）：啊，啊，啊！

波佩斯库：如果我们又回到 1821 年去，那可真叫人太高兴了！

嘈杂声和呼喊声。

法尔弗里迪：对不起……整——整——在—— 一 ——千——八——百……

所有的人（以同样的语调齐声附和）：……二——十—— 一 ——年……

嘈杂声和呼喊声。

法尔弗里迪：对不起！

特拉汉纳凯（摇铃）：请不要打断发言，先生们……请稍微……

卡察文库：主席先生，这会儿还有什么耐心可言！时间不早了，登记发言的，还有别的人哪。

卡察文库那一小群人一起：对，对！

卡察文库：敬爱的发言人答应要尽可能简短一些，不过如果他又从 1821 年开始的话……

卡察文库那一小群人一起：啊，啊，啊！

法尔弗里迪：请允许……

特拉汉纳凯（隔着桌子俯向讲坛，亲切地对法尔弗里迪）：敬爱的先

---

① 1821 年，罗马尼亚人民在图多尔·符拉基米列斯库（1780—1821 年，罗马尼亚民族英雄，1821 年人民起义的领袖，同年被土耳其人杀害）领导下起义反抗范纳里奥特（奥斯曼帝国时在土耳其行政机关和巴尔干各国政界身居高位，为土耳其人效劳，残酷剥削巴尔干半岛人民的希腊僧侣、商人、高利贷者）。

生……我觉得，不妨把话题转到 1848 年去。

卡察文库（叫喊）：转到 1864 年 ① 就更好了……

波佩斯库、约内斯库及他们那一小群人一起：对，对！转到 1864 年去！

特拉汉纳凯（站起来，仿佛是想征求大会的意见）：那么……谈公民投票吗？

大家：对，谈公民投票！

人声嘈杂。

法尔弗里迪（转身背对会场，面向主席）：对不起，主席先生，已经让我发言了。我认为，主席允许发言以后……

特拉汉纳凯（从座位上站起来，隔着桌子把双手搭在法尔弗里迪的双肩上，温和地）：请看在我们交情的分儿上，劳您驾，还是改谈公民投票吧……大会的意旨！

法尔弗里迪：但是，主席先生……

特拉汉纳凯（以更加明显的恳求的语气）：咱们还是改谈公民投票吧！（爱护地抓着法尔弗里迪的肩膀，让他转过脸去，面对会场）

大家（坚持地）：谈公民投票，谈公民投票！

法尔弗里迪（拿起杯子喝一口水，脸上带着一副受难者的神情，接着说下去）：不过，我说到哪里了？大家都知道，1864 年，通过公民投票，人民得到了发表意见的机会……然而，首先让我们看一看……好好地弄清楚，实际上……也就是说，公民投票究竟意味着什么……

---

① 1864 年罗马尼亚举行公民投票，结果第一次土地改革得以实现。

69

约内斯库：不用您讲，我们也知道什么是公民投票。谢谢您的解释！

大家：不要解释了……

人声嘈杂。

法尔弗里迪（对打断他的人们）：请允许我！（对特拉汉纳凯）主席先生……

特拉汉纳凯（摇铃）：先生们，请你们不要打断发言的人。（非常温和地）请静一静！目前要解决的是一些十分紧迫的问题，请稍微耐心一点儿！（对法尔弗里迪）请您发言，敬爱的先生，请接着讲下去。

法尔弗里迪（全神贯注地）：然而，当我们谈到 1864 年的时候，我们总是谈论公民投票，而当我们谈到公民投票的时候，我们总是谈起 1864 年……我们知道，我们当中的每一个人都知道，1864 年是什么意思；现在我们来看一看，什么是公民投票……（很快地开始）公民投票……

卡察文库：公民投票与此毫无关系……

法尔弗里迪（对卡察文库）：对不起，我认为，当我们谈到 1864 年的时候……（坚决地，深信不疑地）您不要试图反驳我；我用历史事实向您证明，所有民族都有它自己的 1864 年……

卡察文库：对不起，这和 1864 年毫无关系……

赞许的喧闹声。

法尔弗里迪：请允许我！（所有插话都具有纯粹律师式的机敏、傲慢、敏捷等特点）主席先生！……

特拉汉纳凯（摇铃）：先生们，请安静些……我们讨论的是一些十分紧迫的问题……

卡察文库（从长凳上站起来）：主席先生，怎么会是这样的呢？1864

年怎么会提到了议事日程上，而且还成了十分紧迫的问题呢？当然，如果我没弄错的话，我们这里现在是耶稣诞生之后的第 1883 年……这和 1864 年有什么关系？我提议，请敬爱的发言者不要离题太远。

特拉汉纳凯（又欠起身来，隔着桌子碰碰法尔弗里迪的肩膀）：敬爱的……（温和的请求的语气）请您，看在交情的分儿上，别谈公民投票了，改谈正题吧。

法尔弗里迪（老是被人打断，弄得他疲惫不堪，转身面对特拉汉纳凯，背对会场）：主席先生，蒙您给了我发言的机会……我觉得，需要……

卡察文库（叫喊）：不需要，敬爱的先生！

他那一伙一起：不，不需要！

特拉汉纳凯（又把双手搁在法尔弗里迪的双肩上，很柔和地）：请您看在交情的分儿上，劳您驾……大会的愿望……（爱护地抓住他的肩膀，让他转身面对会场）

大家：谈正题，谈正题！

法尔弗里迪（非常疲倦，喝一口水，接着讲下去，脸上带着一副听天由命的神情）：那么，我们改谈关于修改宪法和选举法的问题……

大家（满意地）：啊，这就好了！

特拉汉纳凯（满意地）：啊！（摇铃）现在，先生们，稍微耐心一点儿……（对法尔弗里迪）简短些，敬爱的，请您看在交情的分儿上——大会的愿望嘛。

法尔弗里迪（汗流浃背，喝水，一直在用手帕擦额上的汗）：那么，对不起！你们知道我对这一修改的意见吗？

整个大厅：不知道！……我们听着！……请讲吧！

卡察文库（嘲笑地）：我们洗耳恭听法尔弗里迪先生的高见。

特拉汉纳凯摇铃。

法尔弗里迪（一直在从额上擦汗；可以明显地看出，他的内心越来越紧张了）：我的意见是这样的：谈的是修改，是吗？

大家（精力充沛地）：对，对！

法尔弗里迪（激动而且焦躁不安）：那么我就要说，而且和我一起，（开始急得上气不接下气）谁要是不愿意陷入极端，（越来越前言不搭后语）就都应该和我一起，也就是说，我想要说的是，谁要是想不太过分……也就是不要过甚其词……在一个政治问题上……这个问题……我们祖国的未来、现在和过去，都取决于这个问题……为了，就是说，要么太过火，要么是已经太过分了……（颠三倒四，语无伦次，汗流浃背，直咽唾沫）所以现在我们有机会提出一个问题：为什么？……对，为什么？……如果欧洲的目光在注视着我们……我们，如果可以这么说的话……在抨击社会……就是说，由于震荡……和……有害的思想……（越来越频繁地擦额上的汗，说话越来越混乱）和，最后——你们明白我的意思——鉴于在一切非常情况之下，我们都表现出颇有分寸……我想要说，在某种意义上，人民、民族、罗马尼亚……（精力充沛地）一句话，祖国……必须显示出合理的看法，好让欧洲早一点儿认识到，可以说，它将取决于什么……（完全前言不搭后语）譬如说，在 1821 年——请允许我——（擦额上的汗）在 1848 年、1834 年、1854 年、1864 年以及在 1874 年、1884 年、1894 年，如此等等，因此这与我们有关……以便向我们的姊妹们——其他拉丁民族提供一个榜样。（满头大汗，擦脸，喝水，

又擦脸，困难地喘着气）

特拉汉纳凯听着，法尔弗里迪停顿时就用手做一个手势。大厅深处布雷卓文内斯库那一小群人中传来掌声、呼喊声："好哇！"卡察文库那一小群人中传出嘘声和笑声。主席摇铃的声音几乎听不到了，嘈杂声稍稍平静下来，法尔弗里迪热情地接着说下去。

请允许我，我这就结束，还有两句话！

大厅里静下来了。

这就是我的意见。（试图克服正在征服他的疲倦）二者必居其一 ——请允许我——二者必居其一：要么修改宪法——我同意！但在那种情况下什么也不会改变！要么不修改——我也同意！但在那种情况之下，某些地方是可以改变的，就是说……在基本条款上……二者必居其一，这是你们无法规避的……我说完了！

大厅深处传来掌声，前面几排发出嘘声。法尔弗里迪疲惫不堪地走下讲坛，一面擦脸上的汗，一面向舞台深处走去。布雷卓文内斯库及其他选民和他握手。人声嘈杂。许多人从位子上站起来，动作混乱。卡察文库从右面走向大厅中间，开始和拥护他的人们轻轻地互相商议，并坚决地打着手势。再过去一些，大厅深处，法尔弗里迪和布雷卓文内斯库被他们的拥护者围在中间，也在坚决地打着手势。普里斯汤达一脸神秘的样子，从市长办公室走出来，穿过讲坛后面栅栏上的小门，拉拉特拉汉纳凯的袖子，后者这时正在摇铃。

第二场

人物同前场，加普里斯汤达。

特拉汉纳凯（停止摇铃，回过头去）：啊？什么事？

普里斯汤达（神秘而又着急地）：扎哈里亚老爷！凡尼卡老爷和若伊齐卡夫人！……

特拉汉纳凯：嗯？……

普里斯汤达：他们都在这儿，在办公室里，从后门进来的，正在等着您。他们请您赶快到那里去。

特拉汉纳凯（也是一副神秘的样子）：我不能离开会场……你去告诉他们：稍微耐心一点儿！

普里斯汤达：需要……立刻！……您宣布休息一会儿！

特拉汉纳凯（摇铃，站起来）：尊敬的大会！在我们受人尊敬的同胞和律师——法尔弗里迪先生做了如此重要的发言之后，我建议休息五分钟。

人声：对，对！休息五分钟！

卡察文库、法尔弗里迪、布雷卓文内斯库以及那些和他们志同道合的人都和人群混合在一起。特拉汉纳凯从主席台上下来，走到大厅里，和普里斯汤达一起通过栅栏上的小门钻进左边那一半，敲挂着"市长办公室"牌子的门。卓娅和吉帕德斯库为他开门。特拉汉纳凯和普里斯汤达在门后消失了，门也立刻关了起来。

第三场

人物同前场，只是少了特拉汉纳凯和普里斯汤达。

卡察文库（对他自己那伙人）：像他这样的人，怎么能派到国会里去呢？我不反对——他有他自己的思想，有他自己的见解；我尊重思想，只要它们是真诚的，而他是真诚的，这无须争论！任何见解都应该受到尊重！但发表陈腐的观念、过时的观点，老是用欧洲、震荡、有害的理论来吓唬我们——靠这些东西，现在可不会有什么结果……对这样的见解，不是瞧不起他，我是不尊重的……

波佩斯库：不，法尔弗里迪说的不是这个。您没有正确了解他的意思。他断言：根据历史来看——所以他才害怕震荡——我们不应向我们的姊妹们——其他拉丁民族提供一个坏的榜样。难道您没听到吗？他就是这么说的："向我们的姊妹们——其他拉丁民族……"

约内斯库：对！他是这么说的……

卡察文库（以强者庇护弱者的语气）：你们做老师的，都是些很好的小伙子，不过你们有一个很大的缺点——只要有人一谈历史，你们事先就已经打算同意他的意见了。（坚决地）什么历史呢？如果要谈历史的话，那么就请您谈一谈：历史首先教给我们的是什么？

波佩斯库：从图拉扬那时候起，罗马尼亚……

卡察文库：不是说的这个……

约内斯库：那么，我们的始祖……

卡察文库：什么始祖？为什么是我们的呢？可见你们并不懂！（大唱

75

高调）而历史首先教导我们的是——人民如不前进，它就停滞不前。

　　群众看到他开始大发议论，渐渐围住了他。

　　甚至会倒退。进步的规律就是——走得越快，你就会继续前进！

　　他那一小群人中发出赞许和钦佩的呼喊。同时，也走了过来、站在旁边听他讲话的法尔弗里迪和布雷卓文内斯库的拥护者们，则怀疑地耸耸肩。

　　约内斯库：正是这样。

　　波佩斯库：不可能不是这样。

　　法尔弗里迪（傲慢地）：对，可是进步呢？如果不保持基础以及其他，等等，这样的进步，我们都十分清楚，欧洲……

　　卡察文库（高声打断他的话）：敬爱的先生，我不想了解您的欧洲，我感兴趣的是我的罗马尼亚，而且只有罗马尼亚……进步，敬爱的先生，进步！您求助于种种吓人的东西，求助于反爱国主义的种种虚构，这都是徒然的，您想用欧洲作为借口来欺骗社会舆论，也是徒然的……

　　法尔弗里迪（更加傲慢地）：请允许我……我认为，不是我，而是有什么旁的人在欺骗社会舆论……

　　卡察文库：听着叫人作呕。

　　法尔弗里迪：您最好是说——不利……

　　卡察文库（更加提高声调）：让欧洲干它自己的事情吧。难道我们在干涉它的事情吗？不！可是它也没有权力干涉我们的事情……您是一位律师，是我的同行……

　　法尔弗里迪：不错，我是个律师，但不是您的同行……

　　卡察文库（用同样的语调接着说下去）：您也和我一样，也知道法律上的一条原则——每个人都有自己的事情，每个人都有自己的问题……Onestebibere……① 也就是正直……以及其他，等等。

法尔弗里迪：正直地，真了不起！……

卡察文库和法尔弗里迪的拥护者们开始分成两组。

卡察文库（十分尖刻地）：我不明白，阁下，最近一个时期您为什么老是这样跟我过不去呢？您想跟我要什么？我们是在选民面前，阁下，这里不是算私账的地方。让我们来公开斗争吧——我们都知道，您要争取候选人的资格，我也宣布，我也要争取候选人的资格……选举前的斗争嘛——毫无办法！而大家都知道，选举前的斗争——这就是人民的生命……您为什么要反对真理呢？反对真理吗？……Onestebibere，阁下！……

他那一小群人中发出赞许的呼喊声。

法尔弗里迪（勃然大怒）：饶了我吧，别叫我听您的胡说八道了！就凭您，也是个正直的人吗！一方面是《喀尔巴阡呼号》报，另一方面是为自己的心腹们找一个肥缺；一方面是猛烈的反对派，另一方面，却在暗地里搞妥协、做保证。全城都在纷纷议论哩，阁下……

布雷卓文内斯库（拉他的袖子）：塔凯，塔凯！

法尔弗里迪（挣开）：别打搅我，让我和这位先生清账……怎么，我们不知道，我们没看见，我们都瞎了吗？您是县长的候选人……

卡察文库（微笑）：我是知识分子新成立的独立派的候选人……我们

---

① 这是一句拉丁文格言开头的几个词，但他说错了。应该是"Honestevivere，neminemlaedere，suumcuiquetribuere"，意思是："为人正直地，不损害任何人，对每个人都给予应有的评价。"（原注）

最可尊敬的主席……（用眼睛在找）主席呢？我没看到他呀……据我们所知，今晚他要宣布你们委员会候选人的名字。你们的委员会——就是说，如果我能荣幸地获得你们委员会的赞许——因为它是你们的……

法尔弗里迪（暴躁地）：委员会已经不是我们的，而是你们的了……

布雷卓文内斯库：塔凯，塔凯！你别忘乎所以！（拉他的袖子）

法尔弗里迪挣脱。

卡察文库（嘲笑地）：对不起，说实在的，您已经不再是委员会的委员了！

人们完全分成两小群，并威胁地对望着。

法尔弗里迪：不错，我不是了。我，过去总是支持党……您，过去总是千方百计地辱骂它，而您却成了委员会的委员！

卡察文库：对不起！

法尔弗里迪（狂怒地）：哪能对不起呢！有什么对不起的！你们这些——经济学、协会，一切胡说八道，所有这一切，都是变戏法，好欺骗正直的人——您和您那些教书匠。

卡察文库那一伙人里有所动作。

还有您那些饶舌的家伙……

波佩斯库（狂怒地）：请把您的话收回去！

法尔弗里迪（越说越激昂慷慨）：以及由独立……无耻的……知识分子组成的您那个派！（由布雷卓文内斯库以及他的拥护者们陪同，向舞台深处走去）

卡察文库那一小群人：啊，啊！（向他们扑了过去）

人声喧哗，打群架。

法尔弗里迪（走出大厅）：坏蛋们，我们要教训教训你们！

卡察文库那一小群人：滚，滚！（追赶法尔弗里迪的拥护者）

打架时，所有出席会议的人先是聚集在舞台深处，后来离开大厅。舞台深处，隔着敞开的门可以看到，有一些选民在走廊里散步，一面抽着烟，轻轻地相互交谈。

第四场

特拉汉纳凯、卓娅和吉帕德斯库。

特拉汉纳凯从市长办公室匆匆走出，来到大厅中用栅栏隔开的那一部分，吉帕德斯库和卓娅跟在他的后面。在这一场中，大家都是神秘地悄悄低语，而且讲得很快。

特拉汉纳凯：不！这不可能……

卓娅（紧紧跟着他）：好爸爸……

吉帕德斯库（也紧紧跟着他）：扎哈里亚大叔！

卓娅：如果你曾经爱惜我的话……

吉帕德斯库：如果你是我的朋友……

特拉汉纳凯：请稍微耐心一点儿！（严肃地）我们怎么能提名一个从事伪造的骗子作为候选人呢？

吉帕德斯库：话虽这么说，但在人们设法弄清事情的真相……在我们追究他的责任的这段时间里……

卓娅：天天往法院里跑，让全城人耻笑，你只要想想看……

特拉汉纳凯（稍微犹豫了一会儿）：不！要是只有你给若伊齐卡的一

封信，要是只有这么一档子事的话——嗯，那也只好同意了；为了关系到祖国利益的政治，正如每一个有觉悟的罗马尼亚人一样，他知道你是我亲密的朋友，知道你爱惜若伊齐卡的名誉——他会试图逼迫你，他会进行伪造……

吉帕德斯库：那是自然啦。

卓娅：当然啦，搞政治……

特拉汉纳凯：假定说，不过……稍微耐心一点儿……对这个你们有什么话说呢？（拍拍自己礼服上的口袋）既然他已经成了这样一个不择手段的家伙，咱们就给他来一个"以其人之道，还治其人之身！"（改变语气）上帝呀，请给我指示吧！但愿我再也见不到若伊齐卡！这不是，她在这儿，让她自己说吧……

卓娅（很有感情地）：好爸爸！

特拉汉纳凯：我从来没搞过外交，不过如果非采取狡诈的手段不可，那么我决不会亚于梅特涅[①]，要让他，这个坏蛋，知道我的厉害！

吉帕德斯库（忍不住地）：我不懂，扎哈里亚大叔。

卓娅（同样地）：我也不懂……

特拉汉纳凯：稍微耐心一点儿！（从口袋里掏出一张纸，那是一张票据）可这也是为了政治吗？这两个保证人的签字，就凭这两个签字，敬爱的卡察文库先生从公司里得到了五千列伊，这也是为了祖国的利益才进行伪造吗？

吉帕德斯库（急忙拿过票据，翻来覆去仔细察看）：我们得救了！

---

① 梅特涅（1773—1859），奥地利反动政治家。

卓娅：得救了？

特拉汉纳凯：瞧，看到了吧！记得吗，我跟你说过：要稍微耐心一点儿，在一件更重要的事情上，我拿到了他的把柄……

吉帕德斯库（勉强抑制着心中的喜悦）：扎哈里亚大叔，我们的候选人是阿加米查·丹丹纳凯。

特拉汉纳凯：啊，这我懂！

卓娅：我觉得可怕。

吉帕德斯库：我们再没有什么可怕的了。

特拉汉纳凯：把这个名字给我写在纸上……他叫什么来着？——阿加米查吗，不然我会忘了的……（和卓娅轻轻地交谈）

吉帕德斯库（掏出便条本，撕下一张纸来，在上面写了些什么，递给特拉汉纳凯）：就是他……

特拉汉纳凯：我去宣布开会。

吉帕德斯库：你马上就公布丹丹纳凯的候选人资格，宣布散会，然后咱们打牌去；我们等着你……

特拉汉纳凯（想通过栅栏上的小门到讲坛上去）：对了！卡察文库的票据在你那儿，当心，别弄丢了。（穿过小门）

吉帕德斯库：放心吧，扎哈里亚大叔，重要东西我是不会丢失的……（很快地吻了吻卓娅）

卓娅：凡尼卡！

吉帕德斯库：哼，朋友，卡察文库，现在你当心吧！

两人很快地从左侧门下。

第五场

特拉汉纳凯登上讲坛；卡察文库、波佩斯库、约内斯库、选民们、公民们及其他群众在主席的铃声中吵吵嚷嚷地上场，坐在前景的座位上。

特拉汉纳凯（站着）：时间不早了！请进来，请进来吧，先生们……要解决的是十分紧迫的问题……（坐下）

大家都坐到自己的位子上。

卡察文库（谦逊地）：主席先生，请费心，我也要求发言了……

特拉汉纳凯：请！（友善地）阁下，该您发言了。请到讲坛上来！……

卡察文库那一小群人中有一些动作。

卡察文库（装出一副挺神气的样子，态度威严地穿过人群，登上讲坛；把帽子放到一边，从杯子里喝一口水，掏出一叠纸张和报纸，分别摆在自己前面；以纯粹的律师式的优美姿势掏出手帕，擦一擦额上的汗；咳嗽一声，清清嗓子，装出在克服内心激动的样子。大厅里笼罩着绝对的寂静。卡察文库用颤抖的声音开始发言）：先生们！……敬爱的同胞们！……朋友们！……（泪水哽住了他的喉咙，使他说不下去了）请原谅我，朋友们，不过我是如此激动，以致难以控制自己……我登上这个讲坛……为的是对你们说……（哭声哽住他的喉咙）正像每一个罗马尼亚人，正像自己祖国的每一个儿子……在这庄严的时刻……（勉强控制自己）我心里想着的是……我的祖国……（哭泣使他喘不过气来）罗马尼亚……（抽抽搭搭地哭泣）

人群中传出掌声。

它的幸福！……

两边都在鼓掌。

它的进步！……

掌声更响了。

和它的未来！（大声痛哭）

暴风雨般的掌声。

约内斯库、波佩斯库、大家（感动地）：好！

卡察文库（很快地擦擦眼睛，转瞬间换了一副样子，突然用刺耳的喊叫声流畅地接着讲下去）：朋友们，人们责备我，我为此感到骄傲！……我接受对我的责难！我荣幸地认为，应该向你们声明，我理应受到这样的责难！（讲得很快）人们责备我，说我非常……说我过于……说我太进步了……说我赞成商品自由交换……说我赞成不惜任何代价的进步。（一字一顿，十分有力地）对，对，对，第三个还是对！……（用闪闪发光的眼睛向会场扫视了一下）

经久不息的掌声。

对！（越说越起劲）我希望进步，而且只希望进步——政治的……（津津有味地玩味每一个词）

波佩斯库：好！

卡察文库：社会的……

约内斯库：好！

卡察文库：经济的……

波佩斯库：好！

卡察文库：行政的……

约内斯库：好！

卡察文库：以及……以及……

约内斯库、波佩斯库、他那一小群人一起：好！好！

特拉汉纳凯（摇铃）：请不要打断发言的人！

卡察文库（坚决地）：极为尊敬的主席先生，让他们打断好了！（满怀信心，对会场，主要是对他那一小群人）先生们，你们可以想打断我多少次就打断我多少次——我的信念是毫不动摇的……（改用演说的语调，越说越慷慨激昂）以及……以及财政的进步……

经久不息的掌声。

对，我们是最进步的进步人士；对，我们赞成商品自由交换……为这些思想所激励，我们在这里，在我们城市里创办了独立于布加勒斯特的，我们自己的合作百科协会——"罗马尼亚经济曙光"。因为我们赞成地方分权，我们……我……不承认布加勒斯特对我们的监护，不承认布加勒斯特资本家们对我们的监护；我认为，我们在自己的县里能把事情办得丝毫也不比他们差，丝毫也不比他们那里差……

卡察文库那一小群人（鼓掌）：好！

卡察文库：我们协会的目的，就是支持本国的工业，因为——请允许我告诉你们——在经济事务方面，我们的情况并不怎么好……

一小群人（鼓掌）：好！

卡察文库：罗马尼亚工业是很好的，甚至可以说，十分出色，但是它……并不存在。而我们的协会……我们……主张什么呢？我们主张劳动，主张工作——我们的国家里十分缺乏的工作！

一小群人：好！（热烈的掌声）

特拉汉纳凯（摇铃）：先生们，不要……

卡察文库：主席先生，让他们打断吧……这丝毫也不妨碍我。例如，在雅西^①——请允许我插一句题外的话，我所说的事情，当然令人惋惜，然而是完全确实可靠的——在我们雅西，我说，竟没有一个罗马尼亚商人，连一个也没有……

一小群人（悲伤地）：唉！

卡察文库：那里所有的破产者（银行家）^②全是犹太人！这一现象，这个，如果可以这样说的话，这个谜该怎样解释呢？

一小群人：好！（鼓掌）

卡察文库：就是如此！我们的协会宣称要做什么呢？我们坚决主张什么呢？……我们坚决主张，这种情况是不能容许的！

他那一小群人中发出赞许的呼喊声。

（坚决地）我们没有自己的破产者（银行家），这种情况要到什么时候才会结束呢？英国有它自己的破产者（银行家），法国有它自己的破产者（银行家），就连奥地利也有它自己的破产者（银行家）；每个民族，每个国家都有自己的破产者（银行家）！……（着重说出每一个词）只有我们没有自己的破产者（银行家），怎么能够这样呢？我再重复一遍：这种情况是不能容许的，不能再这样继续下去了……

爆发了雷鸣般的掌声。停顿。发言的人喝水，又以炯炯有神的目光扫视会场。这时大厅深处一阵骚动。微带醉意的公民及穿着便衣的普里斯汤

---

① 城市名。
② 根据上下文来看，这里应该是"银行家"，作者的意思可能是说他把两个词混淆起来了，把"银行家"说成了"破产者"，这两个词原文只相差两个字母。

达上。

第六场

人物同前场，加普里斯汤达及站立不稳、微带醉意的公民。他们的出现引起一阵嘈杂的声音。

特拉汉纳凯（摇铃）：请静—静！……

卡察文库（趁着普里斯汤达和微带醉意的公民上场引起的混乱，看了看自己的讲稿，开始更加煞有介事地）：先生们，瞧，我们协会章程第一条说："在我们的城市里创办合作—百科协会，定名为'罗马尼亚经济曙光'。协会的目的在于使罗马尼亚国家繁荣昌盛，所有罗马尼亚人幸福。"

公民（他已经晃晃悠悠地走到大厅中央，倒在紧靠讲坛前面的一把椅子上；这时站起来，举手）：还有我！（打嗝）还有我！（摇摇晃晃，又倒到椅子上）

后面几排发出笑声，前面几排发生混乱。

卡察文库（转身对特拉汉纳凯）：主席先生，请您采取措施，叫他们不要打断我的话！……

特拉汉纳凯：我好像觉得，阁下，您说过，您并不反对……

卡察文库：不错！（有尊严地）然而……

特拉汉纳凯：好吧……（摇铃）请不要打断！

卡察文库（试图接着说下去）：那么，我说……为使罗马尼亚国家繁荣昌盛，所有的罗马尼亚人幸福……

公民（晃晃悠悠地站起来，举起一只手）：还有我！（高声打嗝）

笑声，喧哗声。

特拉汉纳凯（站起来）：啊？什么事？您，阁下，您是什么人？……

公民（打嗝）：卡察文库先生认识我……（指着他）白（百）科……

笑声，喧哗声。

卡察文库（神经质地）：什么？

公民：罗马尼亚的！……

笑声。

（又打嗝）曙光！……（打嗝）

笑声、嘈杂声更厉害了。

特拉汉纳凯（神经质地对着会场，用力摇铃）：讲安静一些！……（对微带醉意的公民）您说什么？

公民（摇摇晃晃）：白（百）科！（打嗝）活捉（合作）！（打嗝）金鸡（经济）！（打嗝）学（协）会，可以说……

笑声和叫喊声。

约内斯库：他喝醉了！

波佩斯库：烂醉如泥！

卡察文库那一小群人中一阵骚动，许多人站起来。

公民（打嗝，并大声喊）：我也是会员！

特拉汉纳凯（用力摇铃，对约内斯库和波佩斯库）：先生们，（语气温和地）劳驾，请把这位公民领出去！

约内斯库、波佩斯库和他们那一小群人：出去！他喝醉了！出去！

约内斯库和波佩斯库把微带醉意的公民推向出口。卡察文库走下讲台，和拥护他的人交谈。

公民（抗拒推他的教员们）：你们别推呀……我恶心！

约内斯库、波佩斯库及他们那一小群人：出去！

公民：会员！……

这一切都是在笑声和叫喊声中发生的。教员们终于把微带醉意的公民推了出去。舞台上一阵骚动。普里斯汤达走近讲坛。教员们和他们那一小群人簇拥着卡察文库，吵吵嚷嚷地又坐到自己的位子上去。

普里斯汤达（神秘地悄悄对特拉汉纳凯）：扎哈里亚老爷，得快着点儿！我们这就要来抓卡察文库先生了，凡尼卡老爷下的命令。我站在门口，咳嗽三声——您就马上宣布候选人的名字，然后走开；其余的都交给我了……

特拉汉纳凯（轻轻地）：好。

普里斯汤达（轻轻地）：我说，只要我咳嗽三声……不然我的人还没有来……

向后面的门走去。法尔弗里迪、布雷卓文内斯库，还有几个人吵吵嚷嚷地从门外进来。普里斯汤达和他们轻轻交谈。他们站在舞台深处，遮住那道门。

第七场

人物同前场，加法尔弗里迪、布雷卓文内斯库、其他选民和微带醉意的公民。卓娅和吉帕德斯库藏在栅栏后面听着大厅里发生的情况。

特拉汉纳凯（摇铃，对正在和自己的拥护者们轻轻交谈的卡察文库）：阁下，请到讲台上来吧！……

卡察文库走向讲台。

卓娅：我什么也听不见。

吉帕德斯库：大概吉查还没有来。

卡察文库（从讲坛上）：朋友们！

法尔弗里迪（领着微带醉意的公民上）：是把您赶出去了吗？先生们，在开会的时候，把一位可尊敬的人，把一位选民从这儿赶出去，难道这是能够容许的吗？

布雷卓文内斯库：这都是因为卡察文库先生……

卡察文库（从讲坛上大喊）：阁下！（对特拉汉纳凯）主席先生！

舞台深处传出不满的低声怨言。

特拉汉纳凯：先生们（摇铃），稍微耐心一点儿！

普里斯汤达高声咳嗽三下。

因为时间已经不早了……

卡察文库：对不起……

特拉汉纳凯（站起来）：因为选民们已经开始散了，而明天就要选举，所以，我想，我们现在要请敬爱的发言者暂时中断发言，稍微耐心一点儿，趁这个时候，我们来宣布我们委员会所提出的候选人。

卡察文库（毫不勉强地）：我完全同意，主席先生。（走下讲台，走进拥护他的那些人中间）候选人的名字！……

大家：对，对！候选人的名字！

卓娅（轻轻地，声音发抖）：凡尼卡！

吉帕德斯库（轻轻地）：别作声，一切都很顺利！

特拉汉纳凯（把一张纸拿到两支蜡烛之间，读）：先生们，我们委员会支持的候选人是……

约内斯库：纳耶·卡察……

特拉汉纳凯（打断他）：稍微耐心一点儿……（读）是……

卡察文库：是……

大家屏息静听。卓娅在栅栏后面紧紧偎依着吉帕德斯库。

特拉汉纳凯：是……阿加米查·丹丹纳凯先生！

舞台深处发出赞同的喧闹声。前排发生混乱。卓娅和吉帕德斯库激动不安地听着。

卡察文库（跳起来，高声号叫）：背叛！（在他自己那一小群人中间坚决地打着手势）

舞台深处传来掌声。

特拉汉纳凯（站着）：对不起！（摇铃，一分钟的静默之后）是谁说的"背叛"？

大家站起来，全场混乱。

卡察文库（站在他那一小群人中间，高声地）：是我！

普里斯汤达、布雷卓文内斯库、微带醉意的公民及后面几排的人们：打倒！打倒撒谎的家伙！

特拉汉纳凯（拼命摇铃，对后面几排）：稍微耐心一点儿！（对卡察文库）阁下，照您看，谁是叛徒呢？

卡察文库（焦躁地）：那个暗中调换早已决定的候选人名字的人，那个忘记并出卖利益的，那个不爱惜自己家庭名誉的人……（做了个庄严的手势）您！

特拉汉纳凯（极端愤慨，把铃摔到桌子上）：等一等，阁下，稍微耐

90

心一点儿！您使我失去了自制……我是个骗子吗？……在公众集会上指责我，指责一个规规矩矩、受到大家尊敬的人，指责我进行伪造吗？……而且是谁在指责我呢？

人声鼎沸。吉帕德斯库和卓娅的心在突突地直跳，留神倾听。

是谁呢？（坚决地）一个显而易见的骗子！

卡察文库（跳起来）：骗子！

后面几排（威胁地）：出去，骗子！

前面几排（威胁地）：出去，骗子！出去，叛徒！

全场混乱。

卡察文库（冲上讲坛，狂怒地攥紧双拳；沉默了一下；歇斯底里地叫喊）：朋友们，先生们，敬爱的同胞们！我本来不想把一件在我们城市里已经闹了那么长时间的丑事宣扬出来。

卓娅和吉帕德斯库屏息不动。

我本想保护我们的社会，不揭发这件丢脸的丑事……但现在，当我的尊严遭到如此残酷的打击，我不能再沉默了！

卓娅和吉帕德斯库浑身战栗。

这位敬爱的公民，（指着特拉汉纳凯）极可尊敬的特拉汉纳凯先生……

特拉汉纳凯（愤慨地）：我？

卡察文库：……竟如此天真，竟把一份真正的文件当作伪造的……

卓娅和吉帕德斯库吓呆了。

卓娅：凡尼卡！（摇摇晃晃，站立不稳）

吉帕德斯库（扶住她，拼命大喊）：吉查！（冲向栅栏上的小门，卓

娅抓住他，挡住他）

人声鼎沸。

普里斯汤达（用双手撮成话筒，对着卡察文库那边，扯开嗓子，用力高声大喊）：在这里！（对后面几排）抓住他，弟兄们！

以普里斯汤达、法尔弗里迪、布雷卓文内斯库和微带醉意的公民为首的一小群人冲向讲坛，把卡察文库从讲坛上拉下来。

卡察文库（竭力想压倒大家的声音，高声大喊）：县长的信……

卡察文库的那一小群人：动手吧，弟兄们！

那一小群人一起冲向舞台深处。

大家：出去！打倒！出去！

人声鼎沸，喊叫声、口哨声。特拉汉纳凯很快穿过栅栏上的小门，碰到卓娅和吉帕德斯库，三个人一起在听大厅里的动静。普里斯汤达、法尔弗里迪、布雷卓文内斯库抓住卡察文库，把他拉出大厅。约内斯库和波佩斯库那一小群人向对方步步紧逼。这一切都是同时发生的，就在大吵大闹，开始热闹起来的时候，幕下。

第四幕

特拉汉纳凯的花园。远景是一道栅栏和大门，中间看得到分布在丘陵上的城市全景。右面是正门和三级石阶。左面是亭子和花园里的家具。

第一场

卓娅和吉帕德斯库。

卓娅： 他在哪儿呢？卡察文库能在哪儿呢？

吉帕德斯库： 不知道——跑了，死了，钻到地缝里去了。（停顿了一下以后，走近卓娅身边）你干吗要知道这个呢？为什么恰恰是现在，你感到这样激动不安？……我却恰恰相反，十分镇静……你只要想一想：选举已经进行到第二天了，拥护我们的人都去投丹丹纳凯的票，而我们正在等着他，他随时都可能来到……我接到命令，要隆重地欢迎他……

卓娅： 怎么啦？

吉帕德斯库： 我粉碎卡察文库的阴谋已经两天了，可到处都不见他。他躲到哪里去了呢？他为什么不露面呢？……如果信在他那里，他为什么不公布呢？他为什么不见了？我不知道！他是出于什么考虑不公布那封信呢？这对我来说反正一样——他没有这么做，这就够了……难道你能设想，如果这个坏蛋有可能公布这封信，他却不这么做吗？

卓娅：你是多么麻木不仁哪，凡尼卡，你的判断又是多么奇怪！（深深激动不安）你要知道，这两天我是多么难过呀！……心里多么沉重，多么害怕，多么痛苦！……遇到的每一个人，每一个陌生的面孔，周围发生的一切事情，都会使我浑身发抖……可怜可怜我吧，凡尼卡，再受一天这样的罪，我就会死了……就要发疯了……（抱着脑袋，哭）

吉帕德斯库：别像个小孩子，卓娅……卓娅……

卓娅（满脸泪痕）：你不了解，你没有感觉到！再过几分钟选举就要结束了。我相信……我深信，只要一宣布丹丹纳凯当选为你们的代表，这个坏蛋卡察文库，他是故意躲起来，在暗中窥伺着我们，到那时候，为了报仇，他就要开始散发他那卑鄙的传单了！到那时候……我会怎样呢？

吉帕德斯库（从口袋里掏出票据，给卓娅看）：他不敢……要是他这么做，他就完蛋了。

卓娅：我并不会因此而轻松一些！首先是他毁了我！你要明白，凡尼卡，我并不需要你为我报仇，我需要你救救我……还在前天，在会上大闹起来的时候，我就预见到，预感到结果会是这样的了！可怕就可怕在，卡察文库并不知道伪造的票据拿在你的手里，他不知道，如果同意交换，他就既救了我，也救了他自己……你盘算着用巧计智胜卡察文库，可是毫无结果；你是用我的名誉，用我的生命来进行赌博——结果赌输了，因为，要么是他赌得比你高明，要么是我们更不走运……（眼泪使她哽住了）我怎么办呢？我可怎么办呢？

吉帕德斯库：别说了！有人来了……擦擦眼睛！

第二场

人物同前场，特拉汉纳凯和阿加米查·丹丹纳凯从舞台深处上。

特拉汉纳凯（*十分客气地*）：请进，请到这里来！

吉帕德斯库：这会是谁呢？

卓娅：一个生人吗？

特拉汉纳凯（*走到他们跟前*）：若伊齐卡，允许我给你介绍丹丹纳凯先生！

卓娅和吉帕德斯库：丹丹纳凯！（*行礼*）

特拉汉纳凯：我们的候选人……就是说，我说什么啊？我们的当选代表！

丹丹纳凯（*说话发音不清，分不清 sh，ch，c，s，z 等音*）：吻您的瘦（手）……这位先生呢？……希（是）她的丈夫吗？

特拉汉纳凯：不，我是她的丈夫，这是我的妻子，我已经荣幸地为您介绍过了……

丹丹纳凯：那您呢？

特拉汉纳凯：我是她的丈夫（*很有礼貌然而冷淡地*），扎哈里亚·特拉汉纳凯，常务委员会、选举委员会的主席，也是……稍微耐心一点儿……（*在口袋里摸索，掏出一些名片，递给丹丹纳凯*）所有的委员会，这上面都有……

丹丹纳凯（拿过名片）：Merci①！这位先生呢？……

特拉汉纳凯：凡尼卡·吉帕德斯库，我们县的县长，我的朋友，也是我们一家人的朋友。

丹丹纳凯（对吉帕德斯库）：非常高兴，主席先生！（伸手给他）

特拉汉纳凯走到卓娅跟前。

吉帕德斯库：阁下，我也同样高兴。不胜荣幸！请问大驾光临敝区，有何贵干？

丹丹纳凯：为了先（选）举，亲爱的，为了先（选）举。你要资（知）道，反对党排挤我——在一个地区，另一个地区，第三个地区……到处都排挤我……我……从希（四）八年起，我们家在国会里……就，可以梭（说），落得一无所有，所以我就来参加先（选）举了。

卓娅（恼恨地）：这不必担心。

丹丹纳凯：别提多担心了，夫人！不过您要资（知）道，要希（是）完全不希（是）……那可叫人太难堪了……

特拉汉纳凯：当然。您来了，这很好，太好了！应该的，应该的！

丹丹纳凯：可也真够……瘦（受）的！您几（只）要想想看：在马车上颠呀，颠呀，颠它五个驿站的路程，踢踏，踢踏……您己（自）己也资（知）道的，颠得好难过呀！……而车上的铃铛……（捧着头）到现在耳朵里还在响……丁零，丁零……颠得我，您要资（知）道，头昏脑涨，可把我给累坏了。您无法想象，夫人，（对特拉汉纳凯）您无法想象，县长先生，我的好朋友，（对吉帕德斯库）您无法想象，主席先生，亲

---

① 法语：谢谢。

爱的……

吉帕德斯库：当然……

卓娅：可不是……

丹丹纳凯：我不久前刚到，本想住旅馆……可车夫……看来资（知）道我希（是）为什么来的，就把县长先生指给我了。（指特拉汉纳凯）

卓娅（轻轻地对吉帕德斯库，他正在笑）：你还在笑，凡尼卡！

特拉汉纳凯：是啊，我刚好到市政府去，想问一问我们的选举情况怎么样……没说的……一切顺利……然而，您要知道，作为党的领袖，我得出席……

丹丹纳凯（和他握手）：甚（幸）好我扫（找）到了您，好朋友，merci。

他们俩在一旁轻轻地交谈。

卓娅（对吉帕德斯库，轻轻地）：瞧，凡尼卡，我是为了什么人丧失了心情的宁静啊……说实在的，选举卡察文库不是更好吗？

吉帕德斯库（坚决地）：这个人有点儿傻头傻脑，可是我宁愿选他，至少是个正派人，而不是个下流货！

特拉汉纳凯（对丹丹纳凯）：请您留在这儿，最尊敬的先生，让凡尼卡和若伊齐卡陪着您……我该去参加选举了。再过半个钟头就要开票，我得在场……您别担心，成功是有保证的。我们这儿的反对派不值一提……我们力量是强大的，亲爱的，强大极了……您不会是以多数票当选……

丹丹纳凯：怎么会这样呢？很可能结果无效，要重新投票哇！啊！有希（时）候希（是）会发生这样的希（事）的……

特拉汉纳凯：请稍微耐心一点儿！在我们这儿要重新投票？——不可

能的事！我是说，您不会是以多数票当选，而是大家一致选举您，最尊敬的先生。

丹丹纳凯：啊，希（是）这样的吗？……（非常自信地）当然……怎么会不希（是）这样呢？

特拉汉纳凯：再见，最尊敬的先生，再见……再见，凡尼卡……再见，若伊齐卡。（下）

第三场

卓娅、吉帕德斯库、丹丹纳凯。

丹丹纳凯：正如我已经对您梭（说）过的，亲爱的，我不能不当先（选）……我，也就希（是）梭（说），我们家从希（四）八年起……一直在斗争，在建立功勋……以致我，您要资（知）道，恰恰希（是）现在，连个一官半资（职）都没有……没有一个委员会……令人遗憾！不希（是）吗，差点儿落先（选）？

卓娅：凭您的功勋——还能不当选吗？看您说的！……

吉帕德斯库：不可能！……

丹丹纳凯：非常简单，尽管有功，夫人，还希（是）连个一官半资（职）都没有，这很简单……为什么呢？我这就告诉您：总委员会不高兴，不就完了！梭希（说是）我不希（是）个优秀的人才。您明白吗，我，不希（是）优秀的人才！……可我真走运，太走运了，您这就会看到的。有天晚上……有一个人……我不梭希（说是）谁——一位要人，而且希（是）个光棍，到我这里来玩牌……临走，把大衣忘下了……第二天早晨，

98

我想穿上它……寻希希（思是）我己（自）己的……一看，希（是）人家的。几（仔）细看看口袋，找到了……您猜希（是）什么？

吉帕德斯库：什么呢？

丹丹纳凯（嘿嘿地笑）：一封信。

两人：信？

丹丹纳凯：情苏（书）……

两人（感兴趣地）：情书？

丹丹纳凯：一封情苏（书）。希（是）一个朋友——我不梭希（说是）谁——也希（是）一位要人，希（是）他妻子写给这位光棍的……

卓娅：怎么样呢？

吉帕德斯库：那么？

丹丹纳凯：啊，该怎么办就怎么办嘛，亲爱的……立刻叫了一辆马车！坐上车就到他，到那位光棍那儿去了。就希梭（是说），我不梭希（说是）谁——希（是）一位要人。我梭（说），请您给我找一个先（选）区，不然，我就把这封信拿去登报……他东奔西走，想方设法，最后不得不让步了。夫人，毫无办法——他让步了，于希（是）——啪！——给这里拍了一封电报……

卓娅（丹丹纳凯越说她越生气）：丹丹纳凯先生，您做得很不好……您的行为……请允许我说……

吉帕德斯库（轻轻地）：卓娅！

卓娅走开。

丹丹纳凯：搞政治这玩意儿，我干得不坏，希（是）吗？啊，亲爱的，要不怎么办呢？要希（是）我不想出这一招来，我就甭想看到当先

（选）证书……而我，亲爱的，就有失面子了。您只要想想看：我们家从希（四）八年起（转身面对观众），还有我己（自）己，在所有的议会里任职，和所有的党派一起，和每一个公正的罗马尼亚人一样……可希（是）如今，一下子竟落得不希（是）委员会里的人了！

吉帕德斯库：真了不起！……（咬着嘴唇）不过这个故事……关于那封信的故事的结尾，您还没告诉我们呢。

卓娅：是啊，那封信……

丹丹纳凯：什么信啊？……

吉帕德斯库：那位光棍的信……

丹丹纳凯：什么光棍？

卓娅（神经质地）：那位要人……情书……您的政治武器，多亏了它您才弄到了……

吉帕德斯库：那封您想拿去登报的信，如果……

丹丹纳凯（终于记起来了）：啊，对了！一封信……当然啦！

卓娅：那封信，您是怎么处理的呢？

吉帕德斯库：对，那封信怎么样了呢？

丹丹纳凯：它保存在我的家里……放在一个可靠的地方……

卓娅：您还没把它还给那位要人吗？

丹丹纳凯（惊讶地）：怎么能还呢？

吉帕德斯库：选您当代表了，不是吗，也就是说，他履行了自己的诺言……

卓娅：您应该把它还给……

丹丹纳凯：夫人，怎么能还呢？难道我能干这样的蠢希（事）吗？下

一次还会有用的……万一有什么希（事）……啪！——还要去登报！（走向台口）

卓娅（厌恶地）：啊！（走到凡尼卡跟前，学着他的话，轻轻地）有点儿傻头傻脑，可是个正派人！（高声对丹丹纳凯）丹丹纳凯先生，我对您有一个请求：您就在我们这儿吃午饭……我请求您，吃饭的时候，可再也不要谈您那位光棍的信了……

吉帕德斯库：您要知道，这会对选民们产生不好的印象……

丹丹纳凯：我不梭（说），亲爱的，除非希（是）忘了，虽梭（说）我的记性希（是）很好的……不过，您要明白，路上颠得我真够呛——要希（是）我忘了，开始梭（说）起来，请您对我做个暗号：吃饭的希（时）候，我要么希（是）坐在您的旁边，要么希（是）坐在您夫人旁边……

吉帕德斯库：什么夫人？

丹丹纳凯：这不希（是）——这位夫人。

卓娅（旁白）：白痴！

吉帕德斯库（忍不住地）：对不起，丹丹纳凯先生，这位夫人是陪您到这儿来的那位委员会主席的妻子，（一字一字地）是扎——哈——里——亚·特——拉——汉——纳——凯的妻子——特拉汉纳凯夫人……而我是斯特凡·吉帕德斯库，是这个县的县长……我和特拉汉纳凯夫人只不过是朋友……

丹丹纳凯（很注意地听着）：啊，对了，完全正确，亲爱的……这么梭（说），你们希（是）……对不起……您要资（知）道，一路上可把我给颠坏了……（认真地）您几（只）要想想看：五站路，踢踏，踢踏，车

101

上的铃铛——丁零，丁零……耳朵里一个劲儿地响……

卓娅（*旁白*）：得带他离开这儿，让他稍微休息休息……要不，他可真是给颠晕了。

吉帕德斯库：丹丹纳凯先生，您想稍微休息一下吗？……

丹丹纳凯：当然啦，亲爱的……不过在哪儿呢？

卓娅：请跟我来，丹丹纳凯先生。

丹丹纳凯（*把手伸给卓娅，两人一起向右面的台阶走去*）：您要资（知）道，夫人，我颠得真够呛……请您想象一下看，轻便马车……车上的铃铛……耳朵里一个劲儿地响……一个劲儿地响……

下。

第四场

吉帕德斯库独自一人。

吉帕德斯库：这样一来，是我把阿加米查·丹丹纳凯先生送上了代表的宝座！如此说来，这么久的时间，我牺牲了自己的安宁、我心爱的女人的名誉……原来是为了一个什么样的人……卡察文库，你在哪儿呢！现在你报了仇了！我要请求你宽恕我，因为我不肯帮你的忙，而宁愿去为最尊敬的丹丹纳凯先生效劳，为这位无与伦比的、最亲爱的阿加米查效劳……什么样的时代，什么样的人们哪！

第五场

吉帕德斯库、卓娅，随后普里斯汤达上场。

卓娅（很快地从台阶上跑下来）：你听见了吗，凡尼卡？听见了吗？你这位正直的阿加米查已经如愿以偿，他胜利了，可是还不肯放弃那封信……那么正直的卡察文库，那个已经一败涂地，现在正在咬牙切齿，两眼紧紧盯着我的正直的卡察文库又该怎样呢？（异常激动不安）唉！想想真是可怕！卡察文库到底怎么样了？这条毒蛇藏在哪里呢？它是打算从哪儿咬我一口呢？

吉帕德斯库：卓娅，卓娅！拿出勇气来……

卓娅（突然爆发）：我再不能这样下去了，我不能！丹丹纳凯的废话彻底摧毁了我的意志……我觉得，由于恐惧，我这就要发疯了！（用手捂住脸）

普里斯汤达（由左侧匆匆上）：若伊齐卡夫人，若伊齐卡夫人！……

吉帕德斯库：吉查！

卓娅（颤抖了一下）：吉查……出什么事了？说吧！

普里斯汤达（站住）：若伊齐卡夫人，我想……

卓娅（愤怒地）：说呀，别折磨我了！出什么事了？他把信登出来了吗？拿给我看。（激动地）拿来！

吉帕德斯库：卓娅，你疯了！

普里斯汤达（旁白）：的确是疯了！

卓娅：对，我疯了！而且是由于你的恩赐！

普里斯汤达（试图安慰她）：不是的，若伊齐卡夫人，什么也没有登出来……连他们的《呼号》报，今天都没有出版……自从卡察文库跑了以后，教员们就互相争吵起来，又是吵，又是打，把普里皮契神父痛打了一顿，至于出版报纸——连听都没有听说……独立党完蛋了……垮台了！（轻轻地对卓娅）我有点儿事，需要秘密地向您报告，事情紧迫……（走到吉帕德斯库跟前）

吉帕德斯库： 我说什么来着，卡察文库呢？

普里斯汤达： 始终没找到他，凡尼卡老爷，就像钻到地缝里去了。（拍拍自己的前额，仿佛忽然想起了什么）我这是怎么搞的！差点儿忘了！请您原谅，凡尼卡老爷……部长……部长们……所有七位部长一起——紧急请您到电报局去……正是为了这个我才匆匆跑了来的……

吉帕德斯库： 到电报局去？他们还想叫我干什么呢？

普里斯汤达： 我无法知道，凡尼卡老爷，只是已经整整一个小时了，电报机嘀嘀哒哒一直在响个不停，您得去一趟。

吉帕德斯库： 该死的政治……卓娅，卓娅！你别泄气，我走了……

卓娅： 去吧。

吉帕德斯库： 我去去就来。（吻她的手）理智一些，卓娅，还不是一切都丧失了，别激动，再见！（下）

卓娅： 再见！……天哪，我怎么能爱这个人呢！（沉思）

普里斯汤达陪着吉帕德斯库走到大门口，并目送着他。

第六场

卓娅和普里斯汤达。

普里斯汤达（深信吉帕德斯库已经走了，匆匆返回花园）：若伊齐卡夫人！

卓娅（浑身颤抖了一下）：啊！吉查，你又吓了我一跳……出什么事了？你想跟我要什么呢？你走，让我安静一下吧！

普里斯汤达：吻您的手，若伊齐卡夫人，请别生气。（很小心地）这里……有一位您知道的人……等着……想要跟您谈谈……不过，他说，只跟您一个人谈，再不要有任何人……所以我把凡尼卡老爷支到电报局去了，就是说，好让您一个人留在这儿……我说部长们在等着他，那是假的……撒了个谎……为了骗他，现在他要骂我了，说不定还要打哩——打就打吧！谁让他是我的上司呢？我说，谁让他是我的主人呢，我和我家十一口人不都是靠了他才有饭吃吗？不过，要是我撒谎，那也是为了您，若伊齐卡夫人，不是吗……您接见他吗……见吗？

卓娅（她陷入沉思，因此没听到普里斯汤达那一大段冗长的话）：见谁？

普里斯汤达：怎么见谁呢？……卡察文库先生……

卓娅（跳起来）：卡察文库？他在这儿吗？他在哪里？吉查！（急不可待地）请他赶快到这里来，立刻！去吧！

普里斯汤达：是！（走向舞台深处，向左面走去，和卡察文库一起回来）请进，阁下，请进来！（带着他进来，然后匆匆下）

第七场

卓娅和卡察文库。

105

卓娅（迎着卡察文库跑过去）：卡察文库先生，您想毁了我，可是也毁了您自己。看在上帝的分儿上，您为什么跑掉呢？您躲到哪里去了？凡尼卡手里有一张票据，那上面有您伪造的保证人的签字，您伪造签字是为了从公司里得到五千列伊。这您知道吗？

卡察文库：夫人，我知道票据在他那里，（沮丧地）我知道。可是我能怎么办呢？

卓娅：疯子！您丧失了思考能力吗？您还要问怎么办？您自己不知道吗？——交换——我把票据还给您，您把信还给我，互相效劳……

卡察文库（绝望地）：夫人，夫人！这是不可能的！

卓娅：什么？

卡察文库：您的信……

卓娅：嗯？

卡察文库：再也不在我这里了！

卓娅：不可能！

卡察文库：它再也不在我这里了！

卓娅：您说谎！

卡察文库：不，我不是说谎，它再也不在我这里了！

卓娅：坏蛋，您把它怎么了？

卡察文库：我把它遗失了！

卓娅（大叫一声，束手无策地四面环顾）：天哪，为什么我不能杀死您哪！

卡察文库：请您杀死我吧，夫人，如果您想这样做的话，但这和我毫无关系。

卓娅：您怎么能把它遗失了呢？这是在什么时候，什么地方？

卡察文库：前天，在大会上大吵大闹，大打出手的时候，有人……揪掉了我的帽子，而信就在帽子里……在衬里里面。

卓娅：这么说，它是当真丢失了？

卡察文库：是的！

卓娅：您丢失了我的信……也不知道，也猜不出，它可能在哪里吗？

卡察文库：不知道。

卓娅：不知道？

卡察文库：不知道。

卓娅（绝望地）：现在您完了！您明白吗——您完了！我可能还有出路……对，可能还有，可是您……（坚决地）您完了！……那次凡尼卡逮捕您，我把您救出来了……现在可是我逮捕您了，只要我找不到那封信，就不放您出来……说不定我走运，我会找到它……请您向上帝祈祷吧，让我能找到它……情况变了，卡察文库先生……好运背弃了您，在对我们微笑了……您完了，对，完了！……（大声喊）吉查，吉查！

卡察文库：夫人，看在上帝的分儿上！（环顾四周）

卓娅：吉查！（对卡察文库）您别寻找出路了——出路是没有的。对于落网的骗子，是没有生路的……一切都完了……吉查，吉查！（走向舞台深处，面对面地碰到了微带醉意的公民）

第八场

人物同前场，及微带醉意的公民，他的头上戴着卡察文库的白帽子。

公民（情绪非常好，走近台口）：这不是吉查，而是我……

卓娅：您找谁？

卡察文库（旁白）：我的帽子！

公民：找您，若伊齐卡夫人！

卓娅：您找我干什么？

公民：啊哈！卡察文库先生也在这里。您好，最尊敬的先生！

卓娅（神经质地）：您要干什么？您倒是讲啊！

公民：我知道我要干什么。我有句口头禅：一千年健康长寿！

卓娅做了个忍耐不住的手势。

若伊齐卡夫人，我捡到了一封信。

卓娅：就是由于您的过错，敬爱的卡察文库先生从您那儿偷走的那封信吗？……

卡察文库（完全绝望）：夫人！

公民：哪里……我又捡到了一封！

卓娅：那跟我有什么关系？

公民：您别生气呀，若伊齐卡夫人，请等一等，我还没说完呢。从前，在我，可以这么说吧，在我还没深陷进政治里，原来，在我还没有经商，自己还没有房产的时候，要知道，那时候我是在邮局里当差，是个邮差……扎哈里亚老爷知道我……

卓娅：请您走吧，让我安静一下……吉查！

公民：所以，打从那时候起，我就一直是按照地址送信。要是找不到收信人，就用铅笔批上"查无此人"，要么是"无法找寻"，或者是"已故"，就是说，得看是什么情况……

卓娅神经质地在舞台深处踱来踱去。

要是找到收信人，那就一定要亲手交给他……瞧，就拿目前来说吧……前天，当市政府里打架的时候，我捡到了一顶帽子……

卓娅（走近一些）：帽子？

卡察文库（旁白）：坏蛋！

公民：帽子，对，就是这一顶……今天我想戴上它，一看——小了点儿。我想，把衬里取出来吧，那么，也许就合适了……而在衬里里发现了什么呢？

卓娅：信！

卡察文库：信！

公民：不错，卡察文库先生，是信……咱们不再去喝一杯吗？

卓娅（非常激动）：请拿出来！

公民：是凡尼卡老爷写的，而收信人——是您。

卓娅：请给我，请快点儿把它给我吧！

卡察文库：现在我当真是完了！

卓娅：快点儿，既然它在您那儿！

公民：在我这儿，完整无损地保存着……（打嗝，指着卡察文库）我再不会受到他的恩惠了！（从帽子里取出信来，递给卓娅）

卡察文库（旁白）：这个坏蛋！

卓娅（从微带醉意的公民手里一把夺过信来）：啊！

卡察文库（对走近他身边的微带醉意的公民轻轻地说）：倒霉鬼！好运气就掌握在你的手里，可你自己放走了它——我倒是想让你成为一个人的！

公民：不行……收信人的住址是知道的。（指着卓娅）

卓娅（由激动恢复常态）：阁下，您是一位正直的人，是一位卓越的、再好不过的好人。请告诉我尊姓大名！……我感谢……

公民：干吗要说名字呢！打从二月十一号起，扎哈里亚老爷就认识我！是个公民——不就完了吗……

卓娅：我该怎样感谢您呢？我能为您做什么呢？

公民：请告诉我，我该投谁的票。再过一刻钟，选举就要结束了……可我……该投谁的票呢？……

卡察文库（痛苦地）：投阿加米查·丹丹纳凯的票。

卓娅（转身面对着他，用鄙视的，同时又是威胁的目光打量他）：卡察文库先生！我看到，您还敢说话，甚至还话中带刺哩！您的胆量可不小哇……

公民：他说的是实话吗，若伊齐卡夫人？

卓娅：对，是实话。投阿加米查·丹丹纳凯的票——这是卡察文库先生一生当中所说的唯一一句实话……

公民：好，我去投票了……（想走）呀，他倒是叫什么来着？

卓娅：劳您驾，卡察文库先生，请您为这位可尊敬的公民填写选票。

卡察文库站着不动。

请您……（向他指指那封信）

卡察文库走到桌前，填好选票，把它交给微带醉意的公民。

可以吗？（拿过选票）"阿加米查·丹丹纳凯"……好，卡察文库先生，您是个说话算数的人……

公民（接过选票）：我走了……可别去迟了……

卓娅（送他）：请相信，我永远可以证明我对您的感激和……

公民（很急）：没有空了……选举这就要结束了。（举起的一只手里拿着选票，下）

卓娅客气地送他到大门口。回来的时候在舞台深处逗留了一下，把信藏到腰里，然后慢慢地向卡察文库走来。随着卓娅每走一步，卡察文库的膝盖就一点点地弯曲下来；最后，当她走到跟前，面对着他的时候，他跪下了。

第九场

卓娅和卡察文库。

卡察文库：请饶恕我，饶了我吧！……

卓娅（笑）：请起，您是个男子汉哪，怎么不害臊呢！（不客气地）起来吧！

卡察文库（站起来，窘态毕露）：请饶恕我……

卓娅（有尊严地）：您是个凶恶的人……并向我证明了这一点……可我是个善良的女人，而且也要向您证明这一点。现在我心情是平静的……您想害我，可是没能害成，对此我并不在乎。上帝不允许您这么做，因为您是个坏人，可我和往常一样，始终是个好人——所以我希望上帝会帮助我。

卡察文库（卑躬屈节地）：夫人！

卓娅：您别害怕！您得救了——我答应您……

卡察文库：吻您的手……我的忠诚……

卓娅：不过有个条件——选举以后要举行游行……这次游行由您来领导。

卡察文库（连忙恭顺地）：是……

卓娅：是在市政府花园里为人民举行宴会，这次宴会要由您来主持。

卡察文库（连忙恭顺地）：是……

卓娅：您要和人民一起开怀畅饮……

卡察文库（同样的动作）：是……

卓娅：然后您要和大家一起到这里来，以选民的名义，向新当选的代表和县长表示祝贺……

卡察文库：我来……

卓娅：那么，就是说，我和您谈妥了？

卡察文库：是。

卓娅：去吧，主持宴会去吧。您的努力不会是徒劳的——这并不是最后一次选举！

卡察文库：夫人，特拉汉纳凯夫人，您真是一位天使……

卓娅：谢谢您，您太客气了。快走吧……

卡察文库：我走，我走，您将看到，您会对我满意的……吻您的手，吻您的手！……（惶惑不安地由大门匆匆下）

第十场

卓娅独自一人。

卓娅：这是真的，还是在做梦呢？（坐到椅子上，取出信来，看信，并吻它）凡尼卡！（笑着站起来，又看，一连吻了几次信，又坐下）凡尼卡！（神经质地哭。停顿一下以后，微笑着站起来，擦干眼泪，深深叹一口气）现在一切都过去了……凡尼卡！（很快地跑上台阶，在房子里消失了）

第十一场

吉帕德斯库独自一人。

吉帕德斯库（匆匆走进大门）：吉查是怎么搞的？疯了吗？叫我到电报局白跑了一趟……多么愚蠢的玩笑！这是什么意思呢？……而卓娅……卓娅呢？（四面环顾，很快地从右侧下）

第十二场

特拉汉纳凯和丹丹纳凯从右侧房子后面出场。

特拉汉纳凯：对，亲爱的，要知道，我们这儿曾经进行过殊死的斗争……完全是一出喜剧。

丹丹纳凯：不可能。

特拉汉纳凯：那么卑鄙！您要知道——有一个惯于搞阴谋诡计的家伙，一个彻头彻尾的坏蛋，为了对吉帕德斯库……对凡尼卡施加影响……我要说的是，对县长施加影响……

丹丹纳凯留心听着，看得出来，他什么也没听懂。

丹丹纳凯：啊，原来如此！这么梭（说），您不希（是）县长吗？

远方传来进行曲开始时的几个节拍。

特拉汉纳凯：我说，为了对县长施加影响，要么是想要离间他和我，和我一家人的关系……他想出一个主意，搞了一封情书，似乎是凡尼卡，也就是县长，写给若伊齐卡，也就是我妻子的，还伪造了他的笔迹……简直跟真的一样！可以对天发誓……

丹丹纳凯：不可能，亲爱的！可我，的确希（是）这样的！……

特拉汉纳凯：怎么会这样呢？

丹丹纳凯：信希（是）一个……一位光棍的……

特拉汉纳凯：什么光棍？

丹丹纳凯：唔，就希梭（是说），没结婚的……

特拉汉纳凯：谁的？

丹丹纳凯：我不梭希（说是）谁的——希（是）一位要人的……当我逼得他走投无路的希（时）候——要么希（是）当先（选）证书……要么把信公布出来——他，您明白吗？——啪！——给这儿拍了一封电报……

特拉汉纳凯：我不明白。（旁白）一路上把他颠糊涂了……马车……车上的铃铛。

丹丹纳凯（旁白）：差劲，县长太差劲了——跟他梭（说）过两遍了，他还希（是）什么都不明白……

在这一场，以及下一场，一直到群众出场，进行曲和高呼"万岁"的声音越来越近，越来越清楚。

114

第十三场

人物同前场，加卓娅和吉帕德斯库。

卓娅（走下台阶，吉帕德斯库跟在她的后面。两人心情都很愉快，没有注意舞台上的人）：你看到了吧……（看到特拉汉纳凯和丹丹纳凯，急忙改变语气）您看到了吧，县长先生，暴风雨来势虽猛，可折腾一阵，就会过去的……（走近台口）丹丹纳凯先生，几分钟以后午饭就好了……

丹丹纳凯：我恰好在跟县长先生梭（说），他也在讲给我听……

吉帕德斯库：对县长说？

丹丹纳凯：希（是）啊，希（是）对县长梭（说）。（指着特拉汉纳凯，他正在一旁和卓娅说话）

卓娅（轻轻地）：好爸爸，你喜欢我们的代表吗？

特拉汉纳凯（轻轻地）：人挺聪明……不过，好像有点儿滑头。

丹丹纳凯（对吉帕德斯库）：我希梭（是说），他在讲这里先（选）举的希（事），一封信和进行伪造的故希（事）。

卓娅侧耳倾听。

而我对他梭（说）我的故希（事）……就希梭（是说），我当真希（是）这样的……和一个光棍……

卓娅（冲到他面前，轻轻地）：丹丹纳凯先生，您答应过我，再也不提这回事了……

丹丹纳凯：我答应过吗？（很快地）我希（是）什么希（时）候答应的？答应谁的？我答应什么了？（突然想起来了）啊，对了！再不梭（说）了，绝对不梭（说）了……

呼喊"万岁"的声音已经很近了。人群和乐队一起登场。

第十四场

人物同前场，加法尔弗里迪、布雷卓文内斯库、卡察文库、微带醉意的公民、普里斯汤达、约内斯库、波佩斯库、选民们、公民们和群众。

布雷卓文内斯库、法尔弗里迪及其他较有地位的选民盛装打扮，装腔作势，和所有外省人一样，脸上带着自命不凡的神气，从屋里走出，顺着正门的台阶走下来——从右侧上场。大家一起祝贺，行礼。舞台深处出现了游行队伍，领头的是卡察文库、穿着便服的普里斯汤达、微带醉意的公民、约内斯库和波佩斯库。从街上来的人个个微有醉意，特别是卡察文库和微带醉意的公民，后者一直在打嗝。一大群公民跟在他们后面，手持旗帜、绿树枝，捧着酒杯。仆人们拿着一瓶瓶香槟酒跟在法尔弗里迪、布雷卓文内斯库及其他选民后面，从特拉汉纳凯的家里走了出来。出场后，普里斯汤达立刻向乐队做了个手势，命令停止奏乐。乐队停上奏乐。给最有地位的选民们每人送上一杯香槟。吉帕德斯库、卓娅、特拉汉纳凯和丹丹纳凯站在左边。

法尔弗里迪（举起高脚酒杯）：为我们的当选代表阿加米查·丹丹纳凯的健康干杯！

奏乐，高呼"万岁"。普里斯汤达挥手打着拍子。

丹丹纳凯（受卓娅和吉帕德斯库鼓励，端着高脚酒杯走到舞台中心）：为选民们的健康干杯……他们表现出爱国主义精神，给了我……（忘了该说的话）这个……喂，该怎么梭（说）的……提细（示）一下嘛……对了……投了我的票。我，也就希梭（是说），我们家从希（四）八年就在国会任资（职），我己（自）己，也和每一个公正的罗马尼亚人一样……该怎么梭（说）呢……总而言己（之）——万岁！

高呼"万岁"，大家碰杯，饮酒。

特拉汉纳凯（对向他和吉帕德斯库走来的卡察文库）：这么说，是这样吗，啊？和我们一致行动吗，敬爱的先生？好！我真心诚意地感到高兴！

卡察文库：最可尊敬的扎哈里亚大叔！在这庄严的时刻，怎么能？（感动地）微不足道的个人恩怨，理应置诸脑后。

特拉汉纳凯：啊，这我喜欢！好，祝您健康！

卡察文库：为我们最可尊敬，最最公正的特拉汉纳凯主席的健康，干杯！万岁！

高呼"万岁"，大家碰杯。卓娅在人群中看到微带醉意的公民，拿起高脚酒杯，走到他的跟前。

公民：为若伊齐卡夫人的健康，干杯！因为她……（打嗝）是一位好夫人！（和卓娅碰杯，她诚心诚意地和他握手）

高呼"万岁"，大家碰杯。

卡察文库（轻轻地对吉帕德斯库）：您应该宽恕我，喜欢我！（控制不住自己的感情）因为我们大家都爱自己的祖国，我们大家都是罗马尼亚人……在某种程度上都是正直的人！

吉帕德斯库笑。

为了我们亲爱的县长的健康，干杯！为了我们县的幸福，祝他健康长寿！万岁！

高呼"万岁"，大家碰杯。

特拉汉纳凯（拿起一个高脚酒杯，走到舞台中央；十分快活地）：先生们，稍微耐心一点儿！……我不承认什么县长！对我来说，他不是县长！对我来说，他是朋友！为凡尼卡的健康干杯！万岁！为了让朋友们高兴，长命百岁！（拥抱凡尼卡，然后拥抱卓娅）

凡尼卡吻卓娅的手。

高呼"万岁"声。丹丹纳凯站在以法尔弗里迪和布雷卓文内斯库为首的一小群选民中间，轻轻地在讲着什么，用手势比画着，形容车上的铃铛。普里斯汤达，微带醉意。

约内斯库、特拉汉纳凯及其他选民站在左边，中间是卡察文库。

卡察文库（酩酊大醉，口齿不清地，但还是把每一句话都说得相当完整）：朋友们！……

大家转身倾听。

经过几乎是长达三十年的斗争之后，我们的理想终于实现了！还在不久之前，在克里米亚战争①之前，我们是什么呢？——我们斗争，并且前进——昨天是黑暗，今天是光明；昨天是伪善，今天是自由思想！昨天是灰心丧气，今天是兴高采烈！这就是进步的优越性！这就是立宪制的恩赐！

普里斯汤达：的确是立宪的！奏乐，奏乐！

雄壮的进行曲，雷鸣般的"万岁"声，所有的人都有动作。大家团

---

① 指1853—1856年俄国与土耳其（奥斯曼帝国）、英国、法国、撒丁王国之间的战争。俄军曾占领摩尔多瓦、瓦拉几亚，最后俄军失利，1856年与英、法等国签订了不利于俄国的《巴黎和约》。

团围住卡察文库和丹丹纳凯，互相亲吻，卡察文库和丹丹纳凯也互相拥抱着。丹丹纳凯摇晃着一只手，形容车上的铃铛。卓娅和吉帕德斯库站在一旁观察舞台上的情景。幕急下。

狗——弟奥根 [①]

[罗马尼亚] 杜米特鲁·所罗门

---

① 弟奥根（约公元前 404—约公元前 323），亦译第欧根尼，古希腊哲学家，犬儒学派主要代表之一，他强调禁欲主义的自我满足，鼓励放弃舒适环境。传说他住在一个桶里。

代译序

  杜米特鲁·所罗门（Dumitru Solomon），1932 年生于罗马尼亚的加拉兹。1955 年毕业于布加勒斯特大学语文系，曾任《文学报》编辑和"布库勒斯特"电影制片厂剧本科主任，著有多部剧本，其中《狗——弟奥根》是较著名的一部。

  《狗——弟奥根》是一部思想剧，内容是以古希腊哲学家弟奥根的故事展开的。剧本的主题虽是探讨人类理性的发展，但情节很有吸引力，全剧对话充满机智、幽默和人生哲理。

  在雅典执政官阿里斯托德摩斯的宴会上，出现了一个衣衫褴褛、持一手杖的年轻人，他就是自称"狗——弟奥根"的人。弟奥根认为自己是一个世界公民、一个自由人，他蔑视权利，追寻自由。阿里斯托德摩斯觉得，这青年言谈不俗、聪明过人，想用驯兽的方法驯服他，使之为自己卖力。弟奥根拒绝了要他作为变相奴隶的要求，阿里斯托德摩斯派人跟踪他，并以他是居无定所的流浪汉为由要逮捕他，追到郊外时他钻进那儿的一个桶里，声称自己已有固定住所了……

  当时一些年轻人对那时的奴隶制不满，他们找到弟奥根想组织起来争取自由。弟奥根却认为，组织起来就成了社会，也就失去了自由，他要的是孤独的自由。然而年轻人中的一位姑娘却爱上了弟奥根，并和他一起住在桶里……

最终，弟奥根终于醒悟：思想应有益于他人，空洞的思想是毫无意义的，他应该去找人们……

李庆云

2009 年深秋于上海

人物表

（出场序）

克塞尼阿德 　　　　　 帕西丰

阿里斯托德摩斯 　　　 阿里斯提卜 [①]

客人 　　　　　　　　 基法拉琴 [②] 手

弟奥根 　　　　　　　 妇人

老人 　　　　　　　　 仆人一

仆人二 　　　　　　　 吉帕尔希娅

市民 　　　　　　　　 柏拉图 [③]

克拉德斯 　　　　　　 青年

美特罗科尔 　　　　　 看守

父亲 　　　　　　　　 奴隶

伟大的亚历山大大帝 [④]

---

① 阿里斯提卜（约公元前 435—公元前 360），古希腊哲学家，苏格拉底的学生，伦理学中享乐主义的创始人之一。
② 基法拉琴：古希腊的弹拨乐器，类似七弦琴。
③ 柏拉图（公元前 427—公元前 347），古希腊哲学家，唯心主义者，苏格拉底的学生。
④ 亚历山大大帝（公元前 356—公元前 323），马其顿国王，古代的世界伟大统帅和国务活动家。

一座美丽而宁静的城市，战争和狂欢已使它感到厌倦，它已无力恢复昔日的力量和威严，但仍然高傲地以自己的民主传统、军事传统和文化传统而自豪——人们正在城中行乐。人们无忧无虑，忘怀一切，如癫似狂，及时行乐，而不愿去想一想，未来有什么或可能有什么在等待着他们？他们的理智仿佛正在梦乡徘徊。苏格拉底①的预言应验了："你们将在睡梦一般无所事事中度过自己的余生……"只有一个人试图使这座城市从麻木状态中醒来。这就是病魔缠身、已经十分虚弱的狄摩西尼②，他可能比他的主要对手腓力·马其顿③聪明，也更果敢，但他所拥有的却不是马其顿的令人生畏的方阵，而只不过是无与伦比的好口才。

那些乞丐们大声宣布对财富、荣誉和娱乐采取漠然的态度，并在众目睽睽之下，厚颜无耻地脱下一切文明的外衣，在这个日薄西山、自满自足的世界里，他们是在寻求什么呢？弟奥根，这个叫花子，这个犬儒主义者，这个满口大话的家伙，是从哪儿来的？而且，说实在的，这个故事讲的是什么呢？讲的是摒除一切享受——膏粱美味、琼浆玉液、声色犬马一概拒之千里之外，而像腌黄瓜一样待在桶里教训人们吗？还是讲夏天躺在肮脏的沙堆上，冬天躺在雪地里锻炼自己的身体呢？但为什么要锻炼它呢？为了其他的苦难和忧患吗？这有什么意义，对自己和人类有什么益处呢？弟奥根是不是像柏拉图所说的，是"疯狂的苏格拉底"，还是只不过是一个怪人呢？是一个反对传统观念的标新立异的人呢，还是一个大写的

---

① 苏格拉底（公元前469—公元前399），古希腊哲学家。因对雅典民主制度抱敌对态度，被判处死刑。
② 狄摩西尼（约公元前384—公元前322），雅典的演说家，反马其顿王国的民主派的领袖。
③ 指腓力二世（公元前382—公元前336），马其顿国王，亚历山大大帝之父。

冒充高雅的俗物？他是自由的吗？他要摆脱什么呢？摆脱社会，摆脱历史，还是摆脱自己呢？

宴　会

总之，雅典在行乐。执政官阿里斯托德摩斯家中的宴会。一伙优秀人物，包括雅典贵族的代表和精神世界的精华（演说家、哲学家，等等）。身材魁伟的基法拉琴手正在演唱。谁也不注意他。

克塞尼阿德（对年轻的帕西丰）：昨天在剧院里看到你了。我希望你喜欢这个戏。

帕西丰：照我看，欧里庇得斯①是一位最伟大的悲剧诗人。

克塞尼阿德（挪近一些）：毫无疑问。我觉得，《酒神的女祭司们》②是一出相当可爱的悲剧。

帕西丰（很不赞成地）：可爱的？

克塞尼阿德：对，对，非常可爱。母亲杀死自己的儿子，把他的头拿过来，而不知道这是他的头……后来，当她知道了真情，于是号啕大哭……

帕西丰（愤懑地）：可是，要知道，正是在那里提出了最重要的问题——关于人和神、信神和不信神的关系……

克塞尼阿德：当然，当然。我甚至很喜欢。（对阿里斯托德摩斯）为什么你不把这位诗人也请来呢？原来他是一位这样的天才。

---

① 欧里庇得斯（约公元前480—公元前406），古希腊诗人，三大悲剧作家之一。
② 《酒神的女祭司们》是欧里庇得斯的一部悲剧。

阿里斯托德摩斯（心不在焉地）：谁？

克塞尼阿德（对帕西丰）：你说过，昨天的那位作者叫什么来着？

帕西丰（这样的无知使他感到如同受了侮辱，不乐意地）：欧里庇得斯。

克塞尼阿德：就是他。你为什么不请欧里庇得斯呢？根据他写作的情况来看，我想，他准是个讨人喜欢的小伙子。

帕西丰（挖苦地）：这很难。欧里庇得斯早就死了。

克塞尼阿德：啊，可怜的人！可我还不知道……

帕西丰感到极端厌恶，站起来，换了个位子。

（惊奇地对阿里斯托德摩斯）你儿子为什么生气了？

阿里斯托德摩斯：不知道。过分聪明了……这些年轻人就只会闲逛和闲扯。要是我们只把他们生产的那些玩意儿当作肥料施放到地里，地里就长不出庄稼来了。

阿里斯提卜：你很了解人的心。

阿里斯托德摩斯：正是在这一点上，我们这些普通凡人和你们这些哲学家们不同。你们是了解一般的心，而我们这些普通人是了解人们的心，了解每一颗单独的心。

阿里斯提卜：你说得对。犹如天与地的区别一样。

阿里斯托德摩斯：那么，你承认了。

阿里斯提卜：是的。当你们这些"普通人"牢牢站在地上的时候，我们这些哲学家却升到了它的上空……

阿里斯托德摩斯：嫉妒心在折磨你，阿里斯提卜。我生活富裕，而且是执政官，你却只不过是个可怜的叫花子，是个哲学家。我有时把你叫了来，为的是听听你的意见。

阿里斯提卜：正像病人请医生到他那里去一样。但这并不意味着，医生宁愿处于病人的地位。

阿里斯托德摩斯（笑）：我是病人吗？（朝他脸上啐了一口）

阿里斯提卜（不慌不忙地用衣袖擦脸）：既然为了捕获的鱼，渔夫能耐心忍受大海袭击他的风浪之苦，那么为了烹调好的鱼，我为什么不能忍受唾面之辱呢？

阿里斯托德摩斯：不能不说你的自尊心超群出众，阿里斯提卜。

阿里斯提卜：而你呢，阿里斯托德摩斯，不能不说你的智慧出类拔萃。

阿里斯托德摩斯（微笑）：真的吗？好吧，那你就给我们讲一讲智慧和自尊心吧。咱们倒要看一看，究竟是什么更为重要。

阿里斯提卜：请不要做一个可笑的人吧。我是在教你如何说话，你却试图教会我何时说话吗？

阿里斯托德摩斯（正像每一个缺乏足够的智慧、找不到适当回答的人，由于受辱气得发狂）：臭哲学家，你就是这么个东西。滚，到末席去！

阿里斯提卜（站起来，神态自若地走向二等宾客的席位；在末席上就座之前，微笑着对"高兴的主人"高声喊道）：祝贺你，阿里斯托德摩斯！你找到了最好的方法，把荣誉给予最末一个席位。（坐下）

帕西丰：你为什么要忍气吞声，忍受这一切侮辱？而且，一般说，你，一个聪明人，为什么要经常到我父亲家里来呢？

阿里斯提卜：当我需要智慧的时候，我去找苏格拉底。现在我需要金钱，所以就来找阿里斯托德摩斯了。

客人：你认为，在阿里斯托德摩斯和你之间有什么区别吗？

阿里斯提卜：你给我们两人脱掉衣服，把我们指给过路的人看，那时你就知道了……

克塞尼阿德（俯身对阿里斯托德摩斯）：你干吗要养着这个厚颜无耻的家伙？

阿里斯托德摩斯：老人家，你是不是有一个为你洗脚的奴隶呢？

克塞尼阿德：当然有啦。

阿里斯托德摩斯：你看，我也有一个为我洗脑子的哲学家。

克塞尼阿德（蔑视地）：可难道他能抵得上一个奴隶的价值吗？

阿里斯托德摩斯：你说得对，价值是不相等的。但是我出的价钱也相当高。

克塞尼阿德（咧开嘴笑）：啊，是吗？

阿里斯托德摩斯（用指尖夹住他的双层下巴）：老人家，我认为，我也可以收买哲学家。（用拳头敲着桌子大声喊）这是怎么搞的？真没有趣儿！人们是在阿里斯托德摩斯家里娱乐，而不是来打盹儿的！（转身对基法拉琴手）喂，基法拉琴手！为什么不唱歌？

基法拉琴手：我在唱，主人。

阿里斯托德摩斯：腽肭兽才像这样唱呢。

有几个人有礼貌地笑了。

叫舞女来！

几个乐师伴随舞女们上，开始跳舞。在座者活跃起来，发出一阵阵鼓励的欢呼、赞扬的喊叫声。在喜气洋溢的气氛中，弟奥根上，谁也没有发现他。这是一个年轻人，赤脚，披一件宽大破旧的斗篷，手里拿着讨饭袋和一根粗糙的手杖。他好奇地东张西望，毫不拘束，像主人一样在大厅里走来走去。

阿里斯托德摩斯（突然看到了他，起初惊愕地注视着他，随后拍拍手，要求肃静）：静—静！

除了基法拉琴手，舞女们和乐师们都安静下来。

（对弟奥根）喂，你是什么人？

弟奥根（泰然自若地瞅着他）：可你是什么人呢？

一阵轻轻的笑声。

阿里斯托德摩斯（不速之客的无礼使他感到不知所措）：我是执政官阿里斯托德摩斯，一个有身份的人，这幢房子的主人和……（具有幽默感地）你的恭顺的仆人。

弟奥根（简单地）：而我，是弟奥根。

在座的人哈哈大笑。

阿里斯托德摩斯（看到有可能让客人们更加开心）：这么说，是弟奥根本人啦！（对客人们）朋友们，请原谅，我不学无术，十分无知，而且又喝醉了。有谁知道……（以令人难堪的庄严口吻，不含讥讽地）弟奥根的？

沉默。

谁也不知道吗？

沉默。

这么说，我是处于像我自己一样的一群无知的醉鬼之中了……（悲哀地摇摇头）多么可耻呀！

弟奥根（微笑）：我是不久前才来到雅典的。不过你们的无知还是使我感到惊讶。

阿里斯托德摩斯：你感到惊讶，我却简直是感到震惊。不过详细情况咱们就别谈了。你来找我，是有什么事情吗？

弟奥根：我根本不认识你。我听到喧闹声，看到灯光，闻到烤羊肉的香味，于是就进来了。

阿里斯托德摩斯：好哇，弟奥根！你闻到烤羊肉的香味，于是就进来了。而且，正像我所看到的，为了前来赴宴，你还穿了一身最时髦的衣服哩！

哄堂大笑。

弟奥根：时髦正如你的宴会，难以使我动心。

活跃。

阿里斯托德摩斯：啊，是这样吗？那你为什么来呢？

弟奥根：因为我饿了。请吩咐你的奴隶，给我一点儿吃的。

阿里斯托德摩斯：优雅的乞讨方式。真正的贵族……

在座者之中有一人走到阿里斯托德摩斯身边，附耳悄悄地说了些什么。

顺便问一问，你是不是那个叫作狗的弟奥根呢？

弟奥根（朴实地）：就是的。我想吃东西。

阿里斯托德摩斯：就是那个从西诺普①被驱逐出境的……

弟奥根：是的。我能得到点儿什么东西吗？

阿里斯托德摩斯：是因为制造假钱被驱逐出境的？

---

① 西诺普：土耳其北部、黑海上的港口城市，是古希腊移民不迟于公元前7世纪时建立的。

弟奥根：是的。我能得到点儿什么东西吗？

阿里斯托德摩斯：据我所知——五年徒刑。

弟奥根：据我所知，在雅典，不能为了我在西诺普所做的事情而惩罚我。

阿里斯托德摩斯：当然啦。但我怀疑你会放弃如此……有利可图的职业。

弟奥根：不，我已经放弃了。有一次我发现，所有我伪造的钱……都是假的。只好从事另一种比较不那么有利可图的职业了。

阿里斯托德摩斯：什么职业呢？

弟奥根：哲学。

笑声。

阿里斯托德摩斯：原来在某种程度上你是我的朋友阿里斯提卜的同行啊。

弟奥根：阿里斯提卜是你的朋友吗？对于他，我有较好的看法。

阿里斯托德摩斯（气愤地）：我劝你别说无礼的话！

弟奥根：我要的是食物，而不是劝告。

阿里斯托德摩斯：既然你是狗——弟奥根，那么接着吧！（扔给他一根骨头）

在座的人都笑了。弟奥根抓住骨头，把它放进讨饭袋里。

阿里斯提卜：小伙子，你没看到吗？大家都笑你哩！

弟奥根：他们有笑的自由。每个人都有笑的自由。

阿里斯提卜：如果你想成为哲学家，就该学会与人和睦相处。

弟奥根：既然你会与人和睦相处，为什么还要坐在末席上呢？不是吗？正像我所看到的，你穿得挺阔气，满可以和丢骨头给我的那个傲慢自大的家伙坐在一起。

阿里斯提卜：作为一个哲学家，我负有为这个席位增光的使命……

弟奥根：你是一个这样的哲学家，可以说……

克塞尼阿德：这是阿里斯提卜，苏格拉底的学生。

弟奥根：我向哲学家阿里斯提卜致敬，但不向为了讨好主人而坐到末席上去的奴隶阿里斯提卜致意。

阿里斯提卜：啊，无礼的年轻人，为了获得末席上的一个席位，你将奴颜婢膝，对这个世界上的权贵们极尽阿谀逢迎之能事！

弟奥根：永远不会，老头子。你坐的那个地方，对我可不合适。我想，我会恶心得吐出来的……

阿里斯提卜：得先吃了，你才吐得出来。

众人笑。

阿里斯托德摩斯：而要吃，得先有吃的东西。

弟奥根：我已经得到了一根骨头……对我来说，这就够了。

阿里斯托德摩斯：我看，对于一条狗来说，是足够了。不过，归根到底，你为什么自称为狗呢？

弟奥根：因为谁给我东西，我就会在他面前摇尾巴；谁不给我东西，我就会对他狂吠；对于坏蛋，我要用牙齿咬他。

阿里斯托德摩斯：是这样吗？那么，狗，摇摇尾巴吧！

众人笑。

弟奥根：我说过——对于坏蛋，我要用牙齿咬他。

阿里斯托德摩斯：我却期待你会像一条听话的狗，为了那根骨头向我

133

致谢。

弟奥根：可我并没说我是听话的。

阿里斯托德摩斯：我恐怕不得不命令奴隶们掐着你的脖子把你从这儿赶出去了。

弟奥根：我觉得奇怪，你容许这么多狗坐在自己桌边，而独独要赶走我……不过，阿里斯托德摩斯，你知道重要的是什么吗？这并不使我感到激动不安。你只能叫奴隶来赶我走。他们仍然是你的奴隶，你仍然是你自己愤怒的奴隶，而我却一如既往，仍然是一个自由人。

阿里斯托德摩斯：在西诺普人判处你驱逐出境以后，你吹牛是不是吹得太过分了呢？

弟奥根：有什么办法呢？我也判处他们留在那里。是谁更吃亏呢？

阿里斯托德摩斯：你并不蠢。我喜欢你的回答。

弟奥根：我根本没有设法讨你喜欢。你对我的看法，是坏也罢，是好也罢，与我毫不相干。

阿里斯托德摩斯：来，坐到这儿，坐到我的身边。论功行赏，你比阿里斯提卜更有资格坐在这个位子上。

阿里斯提卜：狗向主子走去的第一步……

弟奥根（神态自若）：让我坐在身边，会给你带来不满，我希望，你不会为此向我要求任何补偿。

阿里斯托德摩斯：我永远也不要求什么。我只是给。

弟奥根（坐到指给他的地方）：我却恰恰相反，永远也不给。所以在这方面可别存有不切实际的幻想。

克塞尼阿德：我不懂，阿里斯托德摩斯，你为什么让形形色色可疑的人和你接近……

弟奥根：阿里斯托德摩斯，除了这个傻瓜的废话，这儿还有什么好处吗？还是你请我坐到自己身边，就是为了用废话塞满我的耳朵呢？

阿里斯托德摩斯：你干吗不吃啊？去收集残羹剩菜呀。那是骨头，这里是残渣……足够一大群狗吃的……

弟奥根（收集剩余食物，一面在大嚼）：我不感谢你。你们自己就是残羹剩菜，所以才拿残羹剩菜送人。

阿里斯托德摩斯：啊，我本来认为你只不过是个厚颜无耻的家伙。现在看出来，你原来是个真正的造反的人！

弟奥根：如果可以把蔑视看作造反，那么我就是一个造反的人。

克塞尼阿德：我就说过嘛！我说过的，他们想要剥夺我们的财产，他们想要把我们放在锅里煮！叫花子纷纷跑进城来，就像苍蝇去叮动物的尸体！

客人：我们非但不消灭他们，反而请他们一同入席。

克塞尼阿德（对弟奥根）：我可是了解你们的。就在大街上，当着大家的面调情。这些不害臊的人！

弟奥根：我们为什么要害臊呢，大叔？为了众神留给我们的责任吗？

克塞尼阿德（语无伦次）：他亵渎神明，他管我叫"大叔"！你们简直是一群猪，我不想再听了！（用手掌捂住耳朵，但看到面前放着四分之一只烤羊，立刻听从胃液的神秘召唤）

弟奥根（嘴里塞满食物，笑着）：瞧，你们总是这样！听到"淫词秽语"，连忙堵住耳朵，随后又赶紧放开耳朵，去填饱肚子。耳朵不会由于饥饿而吃苦，所以你们这些寄生虫不得不听完一些更加可怕的话。同时既要堵住耳朵，又要填饱肚子，这样你们可越来越困难了。

阿里斯托德摩斯：你说的是实话，不过是危险的实话。

弟奥根：凡实话都是危险的。

阿里斯托德摩斯：但并非一切危险的都是不可避免的。我们的秩序太巩固了，受到的保护太可靠了，你们是动摇不了的。

克塞尼阿德：这是你——叫花子，是你想要动摇我吗？你——想要动摇我吗？

弟奥根：连想都没有想过，你自己已经在动摇了。

克塞尼阿德（站起来，摇摇晃晃，走了几步）：谁在动摇？我，雅典的三十位霸主之一吗？曾经堵住民主主义者之口的霸主吗？曾经处死两个军事长官的霸主吗？

阿里斯提卜：在雅典，在你们这里，这是很平常的事。每个人都在夸口他杀过多少人。

克塞尼阿德：法律赋予我杀死他们的权力。我没有做过任何违法的事。

弟奥根（站起来）：什么法律？有个地方——这个地方可能并不是那么遥远——那里的人吃人。这是他们的法律，也是法律。（耸耸肩）老实说，我甚至觉得这并不是那么糟糕。有些人的肉又肥，味道又美，在他同部族人的胃里，远比骑在他们的背上有益。为什么你们总是用自己的法律来做掩饰呢？法律赋予你们惊人的权力，例如杀死国内最英勇的男子，或者是全世界最聪明的人——苏格拉底。我很高兴朝这个法律啐一口唾沫，如果最近几天我吃饱了的话，我甚至——你们知道，我还要对它怎样吗？

阿里斯托德摩斯（纵声大笑）：好！我喜欢这个年轻人。他说话大胆，

136

又不丧失幽默感，不像我们这些老头子们。

克塞尼阿德：就差你支持他了！

阿里斯托德摩斯：汪汪叫的狗不咬人。

克塞尼阿德：他说过，他要用牙齿去咬坏蛋。

阿里斯托德摩斯：你怕什么呢，克塞尼阿德？你又不是坏蛋。你是尊重法律的。

克塞尼阿德（没发觉话中有刺）：不错。我过去尊重法律，现在也尊重法律。他却不尊重法律！

阿里斯托德摩斯：他年轻，所以他在行乐。

弟奥根：对，我是在行乐。谁尊重法律，谁就是法律的奴隶；谁不尊重法律，他就是自由的。我感到快乐，因为我是自由的。

阿里斯提卜：你深深陷入迷误了！在社会之外，自由是并不存在的，弟奥根。

阿里斯托德摩斯：在社会之外，任何东西都不存在。

弟奥根：如果好好地想一想，社会之内也不存在任何东西。

阿里斯托德摩斯：你从哪里去拿骨头呢？

阿里斯提卜：不是吗？骨头也是社会丢给你的。

弟奥根（微笑）：不错。而一旦骨头被丢出去，它就脱离了社会，获得了自由，回到了自然界——正像我一样。我们俩都是自由的：我有选择骨头的自由，骨头也有选择我的自由。

众人笑。

克塞尼阿德（完全丧失了幽默感）：你们只要听一听啊！他，你们明白吗？有选择骨头的自由！就连我也不能挑选我看中了的那一小块骨头……

帕西丰：挑软一点儿的，这样不用牙齿也能嚼得动……

克塞尼阿德：阿里斯托德摩斯，你听到了吗，你的家里在说一些多么可怕的事呀？

阿里斯托德摩斯：请放心，克塞尼阿德。这都是些小狗崽子，它们正在寻找一块大一点儿的肉。一旦它们成了大狗，并且得到一块肥肉——那时你就会看到，它们将怎样保护这块肥肉，以免被明天的小狗崽儿们抢去……你知道赫拉克利特[①]吗？

克塞尼阿德：哪一个？是那个健壮如牛的卖肉的吗？

阿里斯托德摩斯：不是，是一位哲学家。

克塞尼阿德：有叫这个名字的哲学家吗？我怎么能知道所有的哲学家呢？他们比人还多。

阿里斯托德摩斯：唔，赫拉克利特你可能知道的——他非常聪明。他表达过一种很有意思的想法："一个人不可能两次走进同一条河里。"对此你有什么看法呢？

克塞尼阿德：可是我有好多次在同一条河里洗过澡。

阿里斯托德摩斯：他说，你没有洗过。

克塞尼阿德：他打哪儿知道我洗过几次澡的？

阿里斯托德摩斯：他是不知道，因为他早就死了。是这样吧，阿里斯提卜？但是他知道，你不可能在同一条河里洗澡，因为水在流动，经常变

---

① 赫拉克利特（约公元前 540—约公元前 480 与 470 之间），古希腊哲学家，辩证法学家。他认为，一切都在不断地变化，不断地形成（"一切都在流动"，"一个人不可能两次走进同一条河里"）。

动，流水常新，因此水经常是另一些水……

克塞尼阿德：真是毫无价值的哲学！"另一些水！"

阿里斯托德摩斯：但的确如此，即使你不喜欢也罢。你洗澡的那条河，经常是另一条河。就连弟奥根——我终于讲到他了——就连他洗澡的水，也经常是另外的水。今天是这样的，明天就变了样……我们永远碰不到同一些水，克塞尼阿德，也永远遇不到同一个弟奥根。

阿里斯提卜：我很高兴，像阿里斯托德摩斯这样渺小的学生，还是会从年老的哲学家那里汲取一些知识的。

阿里斯托德摩斯：不要高兴得太早了。可能失望正在等待着你。

弟奥根：无论如何，你们决不会看到我在不同的水里洗澡。第一，因为我永远不洗澡。

笑声。

第二，因为除了自由，我不知道还有什么旁的水，也不想知道。（突然大发脾气）而且，归根结底，虽然我和你们毫无共同之处，可我为什么要待在你们中间呢？你们丢给我一根骨头，我赏你们一个脸，接住了它——这不就完了吗！（站起来，向门口走去）

阿里斯托德摩斯（不动声色地）：狗总是舔喂它的人的手。

弟奥根：你要是一条狗的话，你就更清楚它要做什么了。瞧！（回转身来，使大家十分惊讶地，往阿里斯托德摩斯的脚上撒了一泡尿）狗就是要这样。（又朝门口走去）

克塞尼阿德（歇斯底里发作，浑身发抖）：抓住这个坏蛋！

两个奴隶向弟奥根扑过去，抓住他。

你们干吗站着呀？好好收拾收拾这个坏蛋！

弟奥根（微笑）：你们干吗站着呢？好好收拾我呀！因为我尿湿了你们的主人……

阿里斯托德摩斯：放他走！

奴隶们给弟奥根让路。

你自由了，弟奥根。

弟奥根：我知道。好在你也知道这一点。（下）

克塞尼阿德：你为什么放走他？这个匪徒对社会是危险的，他是人民的敌人！

阿里斯托德摩斯：要想让狗对你忠实，就不应该打它们。你越打，它们就越凶。

克塞尼阿德：那是怎样对待它们呢？

阿里斯托德摩斯：训练。

帕西丰（站起来）：我感到厌恶。我走了。

克塞尼阿德：你瞧，帕西丰虽然年轻，可这个卑鄙的流氓这样厚颜无耻，连他也感到厌恶了。

阿里斯提卜（微笑）：是我们让他感到厌恶。是这样吗，帕西丰？

帕西丰：是这样。（下）

克塞尼阿德：不可思议，你的儿子！连他也是和他们一伙的吗？

阿里斯托德摩斯：他也是年轻人。

克塞尼阿德：得采取点儿什么措施，阿里斯托德摩斯。你是执政官，你被授予了全权。我们不能允许年轻人这样挑衅！

阿里斯托德摩斯：你手里拿过石工用的铅锤吗？

克塞尼阿德（莫名其妙）：我干吗要拿铅锤呢？这和……

阿里斯托德摩斯（把一根绳子的一头拴在酒杯上，让它像钟摆一样摆动）：你瞧，看起来，大致就是这样。你把铅锤推向一边，它立刻会摆往另一边去。如果让它自由摆动，它就会慢慢停下来，恢复原状。对待这些年轻人，也是这样。不管把他们推到这一边或那一边去，也不管推多少次，他们反正还是要处于垂直状态，任何人都会说，这是理所当然的。

克塞尼阿德（绝望地）：那么怎么办呢？

阿里斯托德摩斯和蔼可亲地微笑着，用刀子割断绳子，酒杯砰的一声掉到地上。克塞尼阿德惘然不知所措，困惑地看着他。阿里斯托德摩斯拍拍手。来了两个人，我们把他们叫作仆人一和仆人二。他们走近阿里斯托德摩斯身边，阿里斯托德摩斯低声对他们说了些什么，然后默默地微笑。

阿里斯托德摩斯：喂，你们为什么都这样愁眉苦脸呢？快活起来呀，胆小鬼们！

幕间剧

弟奥根伸着一只手站在一尊雕像前。阿里斯提卜上。

阿里斯提卜：你在做什么，弟奥根？向雕像乞讨吗？

弟奥根：我得学会，遭到拒绝时要能忍受。

阿里斯提卜：你满脑子里只有笑话。

弟奥根：如果我不经常说说笑话，我就是最悲哀和最忧郁的人了。

阿里斯提卜：哲学家应该是严肃的人，而不是咧着嘴笑的猴子。

弟奥根：你怎么知道，人实际上不是咧着嘴笑的猴子，而我不是他真实的镜子呢？

阿里斯提卜（微笑）：可惜，你是个聪明的年轻人！

弟奥根：不错，我并不蠢，不过为什么可惜呢？

阿里斯提卜：你没有利用自己的智慧做有益的事情。

弟奥根：既然我以自己的智慧引得哲学家阿里斯提卜发笑，而大家都知道，他是从来不笑的，那么这是不是意味着，我利用它做了有益的事情呢？

阿里斯提卜：得让你自己也能从中得到某种好处，弟奥根。

弟奥根：我正在得到好处——我在思考。

阿里斯提卜：要让你自己在一个地方定居下来，不再过流浪生活，不再乞讨，不再遭人迫害。

弟奥根：如果我不过流浪生活，不再乞讨，不再遭人迫害，你认为，我还能思考吗？

阿里斯提卜：那我怎么能思考呢？

弟奥根：你照你的方式思考，因为你是阿里斯提卜，而我是照我的方式思考，因为我是弟奥根。你认为人们是需要两个阿里斯提卜呢，还是需要一个阿里斯提卜和一个弟奥根？

阿里斯提卜：我看得出，无论对什么问题，你都有现成的答案。

弟奥根：有哪个哲学家不能回答一切问题呢？

阿里斯提卜：苏格拉底。

弟奥根：因此人们杀害了他。我却要活着。

阿里斯提卜（摇头）：由于回答，也可以丧命的。

弟奥根：特别是由于大胆的回答。

阿里斯提卜：你变得英明了，我为此感到高兴。

弟奥根（愤怒地）：啊，你感到高兴，是吗？可在内心深处，你深信英明的只能是你一个人。

阿里斯提卜：你把我想得很坏，弟奥根。

弟奥根：你别生气。我也深信，只有我一个人是英明的。如果我们不这样想的话，我们两个人都研究哲学，那还有什么意义呢？

阿里斯提卜：如果我们当真是这么想的话，那么一切就都要停滞不前了，特别是思想。

弟奥根（很勉强地承认对方说得有理）：不错……看来……我认为……可能你是对的……如果我不明白，你，还有什么别的人是英明的，这对我的智慧有什么好处呢？……我的智慧就会渐渐枯竭了……

阿里斯提卜（对他的败北感到满意）：你还年轻，但心灵却是老年人的。

弟奥根：当然，这使我感到荣幸。

阿里斯提卜：老年人可能更英明，但也更加凶恶。

弟奥根：这么说，你的记忆力衰退了。阿里斯提卜，你已经忘了，年轻人的心能容纳得下多少怨恨。

阿里斯提卜：让我们做朋友吧，弟奥根。（向他伸过手去）

弟奥根（丝毫没有和老哲学家握手的愿望）：我不能做任何人的朋友。

阿里斯提卜：不能和人做朋友的人，要么是主人，要么是奴隶。

弟奥根：要么是自由人。

阿里斯提卜：我就是这么说的：要么是自由人，要么是奴隶。

弟奥根：不，你是说：要么是主人，要么是奴隶。

阿里斯提卜：主人当然是自由的。

弟奥根：不，他们和奴隶及其他主人有密切关系，他们要受法律约束，而法律能帮助他们像主人那样生活，使他们能够拥有奴隶。自由的人既不可能是主人，也不可能是奴隶，也不——不管你是不是会生气——也不可能是朋友。

阿里斯提卜：没关系，你就坐在这儿，坐在广场上吃东西吧!

弟奥根：如果我想在这儿，在广场上吃东西，那有什么办法呢?

阿里斯提卜：你把一切都颠倒过来了，弟奥根。

弟奥根：你确实知道，哪儿是里，哪儿是面吗?

阿里斯提卜（气愤地）：不可能跟你进行辩论!

弟奥根：不是我开始这场辩论的。

阿里斯提卜：你凶恶而又高傲。人们应该躲避你。（下）

弟奥根：这正是我要达到的目的——让人们躲避我。（对着他的背影大声叫喊）劝你也吃点儿生菜。它非常有益，对于智慧。

阿里斯提卜：不回答。

弟奥根（只剩下他一个人。一面在继续吃，一面嘟嘟囔囔地）：我对他太不礼貌了……我不想这样，神明可以做证……为什么我永远也不能做一个善良的人呢? 哪怕一生中只有一次……

雅典的天空

雅典的街道。大部分市民由于夜晚尽情娱乐，十分疲倦，这时尚未睡醒。弟奥根停在一所房屋前面，用手杖敲门，没人回答。他又在敲，终于有一个睡眼惺忪、披头散发的年轻妇人伸出头来。

妇人（看到他衣衫褴褛，污秽不堪）：一大清早就来讨饭，我什么也没有！去干活儿，年纪轻轻的！谁不干活儿，他就没有饭吃。

弟奥根：可是谁不吃饭，他就不能干活儿。（给她看看空空的讨饭袋）也许你这里会有一张床，能够住几宿吧……

妇人：床？给谁睡呀？

弟奥根：给一位哲学家。

妇人（不客气地）：没有。（觉得有必要解释一下）我这儿没有给哲学家睡的床。他们一住下就不会走了……什么也不给……要住很久很久……

弟奥根（微笑）：说不定你会走运——他被判处死刑，要不了多久你就能摆脱他了。

妇人：哲学家呢？

弟奥根（摊开双手）：就在你面前。

妇人（做个鬼脸）：就是你？

弟奥根：你不喜欢吗？

妇人：看你这个脏劲儿，大概真的是个哲学家。

弟奥根：我来自尘土，也将化作尘土。也许，咱们来讲讲价钱吧？

妇人：讲什么价钱？我总共只有一张床，我就睡在那张床上。

弟奥根：如果你让我睡到你的床上，我将给你光明和温暖。

妇人：光明，你吗？

弟奥根：智慧之光和身体的温暖。

妇人：智慧对我毫无用处。就这样我也能过活……至于温暖嘛……（笑）我认为，温暖是透不过你这身泥土的！

弟奥根（快活地眨眨眼）：为了你，美人儿……（说得更确切些）而且，也是为了你的床，我甚至打算洗一次澡。

妇人（又仔细打量他）：要是洗个澡的话，那就进来吧。

弟奥根（痛苦地）：这个世界安排得多么奇怪呀。如果不要求拿什么东西来做交换，谁也不肯把任何东西送给别人。你孤独吗？

妇人：孤独。

弟奥根（了解这中间的危险性）：我先告诉你，我也是孤独的。你不要存有幻想：两个人的孤独永远也不会互为补充。孤独者永远是孤独者，即使他们结合在一起也是枉然。所以从今天起，你这儿将不只是一个，而要有两个孤独了。我叫弟奥根。

妇人（用手指碰碰他的脸）：我不懂，弟奥根。有很多男人在我的床上睡过，我只记得他们当中的一个人：他有一双淡蓝色的眼睛、柔和而又亲热的声音……现在……过了这么多年……只是现在我才开始懂得。（恶狠狠地）他爱我，倒霉的人！（生硬地）我是个女人，所以我是孤独的。可你是个男人，你不应该孤独。

弟奥根：要想不孤独，就得找到一个人，哪怕是一个人。我正在找他……（明白妇人对他的寻找不感兴趣）你知道吗，我喜欢的正是你这个样子：神态迷惘，睡眼蒙眬，以免惊走美丽的梦境……

妇人（绝望地）：是讨厌的梦，弟奥根！这是一些令人最厌恶的梦！喂，你倒是进来呀！

弟奥根：就这么脏吗？

妇人（一把抓住他的手）：你这就在我这儿好好地洗个澡，自从你生下来，从来也不会洗得这么彻底。（对着他的眼睛看了一下，然后用自然而流利的声音说——只有孩子们说什么重要事情的时候，才会用这种声音）然后我嫁给你。

弟奥根（把手抽回来）：你想到哪里去了，妇人？我是个自由的人。（后退一步）

妇人：自由，可是孤独。

弟奥根：正因为自由，所以孤独。

妇人（低下眼睛）：那你干吗还要找人呢？

弟奥根（对自己的想法微笑）：所有的哲学家都在寻找什么。这就是对他们的诅咒——找寻。我十分清楚，我是找不到的……

妇人：你将过狗一般的生活。

弟奥根：应该如此。

妇人：也要像狗一样死去。

弟奥根：难道人死的时候比狗强吗？不，姑娘，无论是现在，还是以后任何时候，我都不会结婚。我很可怜像你这样心地善良而又孤独的人……（走开）

妇人呆呆地站在房门口，她那睡眼惺忪的脸上毫无表情，也许只有对那个衣衫褴褛、一身污秽的哲学家的怜悯。现在哲学家正在用手杖敲另一家的房门。妇人慢慢走回屋里，随手关上房门。街道拐角上出现了我们在阿里斯托德摩斯家看到过的那两个仆人。弟奥根坚决地敲门。老人上。

老人：你要什么，年轻人？（仔细打量他）等等，我给你一点儿面包和肉。

弟奥根：你想用这点儿东西再博得一些神恩吗？我需要一张床。昨夜我睡在露天地里，就睡在街上。而你们的街道臭气熏天，到处都是耗子。

老人：你不是本地人……

弟奥根：我是从西诺普来的。那些白痴，因为我造假钱，他们把我驱逐出境了。

老人：假钱？这不好。

弟奥根：真钱更坏。假钱只是弄脏人的手，真钱却会弄脏人的心。请收留我住几宿吧。

老人：那你给我什么钱呢？是会弄脏手的钱呢，还是弄脏心的？（微笑）

弟奥根（也在微笑）：为了不让你有任何怀疑，我什么也不给你。我一贫如洗，犹如从光秃秃的石头上收获的庄稼。

老人：眼下你在干什么呢？

弟奥根：观察自然。我是个哲学家。

老人：愚蠢的职业！你将落得一无所有。你有学生吗？

弟奥根：你将是第一个……

老人（得意地微笑）：太迟了，年轻人。我已经活不了多久了，临死做个哲学家有什么好处呢？嗯，好吧，进来吧，我给你一张床，只是你可别说话。只要你说出一句聪明话，我就要把你当作最坏的坏蛋扔出去！

弟奥根想要进去，但阿里斯托德摩斯的两个仆人走近前来，拦住他的路。

仆人一：慢着，慢着，证件！

弟奥根：什么证件？我是自由人。

仆人二：所有自由的公民都必须有证件。

弟奥根：我不是公民，我是弟奥根。

仆人二：别啰唆了！据我所知，所有的人都必须有证件，就连弟奥根们也不例外。（开玩笑）我们怎么知道你是弟奥根，而不是冒名顶替的另一个人呢？

仆人一：要是你没有证件，就得去坐牢。

弟奥根：好极了。我刚好要为自己在雅典的天空下找一个休息的地方。

仆人二：你好像说过，你是个自由人。一个自由人在监狱里可以干什么呢？

弟奥根：自由，这是我内在的本质，它是关不住的。

仆人二：我已经在什么地方听到过这些漂亮言辞了。证件！

老人：我让他住到我的家里。

仆人一：你别说话，老东西！你没有权利收留那些流浪的异乡人①，可疑的家伙。你想要罚款吗？

老人：罚款？我很穷，几乎和他一样。

仆人一：那么干你自己的事情去吧！趁你还没有坐牢……别给一切骗子开门。（对弟奥根）你给我滚开这儿，快着点儿，趁我还没拧断你的脖子！

老人惊恐地走回屋去。

滚开这儿，流氓！

弟奥根：好像你们曾经用美妙的监狱引诱过我吧……

仆人二：你想让国家喂养你，还给你找个住处吗？可是你不是雅典

---

① 异乡人：在古希腊，这个词指住在雅典以外的外地人。后来指已被释放但没有政治权利的奴隶。

公民。

弟奥根：我是世界公民。

仆人一：噢，这可是个新玩意儿！（对仆人二）世界公民……这好像是间谍吧，对吗？

仆人二：不如说更像疯子。

弟奥根（愤怒地）：可你们是什么人？

仆人二：我们是秩序的代表者。

弟奥根：根据你们的行为来看，我是无秩序的代表者。

仆人二：看来，是个哲学家。

弟奥根：这么说，你们认得我。那你们干吗还要证件呢？

仆人一：法律如此。

弟奥根：在雅典，我是第二次听到谈论法律了。昨儿晚上我偶然到了一个很有势力但厚颜无耻的家伙家里——好像是叫阿里斯托德摩斯吧——那里谈论法律，仿佛是在谈论一个高级妓女。

仆人一（打了他一记耳光）：你怎么敢？

弟奥根：这记耳光是为了法律呢，还是为了阿里斯托德摩斯？

仆人一：免得你受怀疑折磨，再给你一下！（又给了他一记耳光）既为了这，也为了那。

阿里斯托德摩斯在街道尽头出现。

弟奥根：保卫法律的那只手也在保卫阿里斯托德摩斯。

阿里斯托德摩斯（走近前来）：我偶然打此路过，听到了我的名字。出什么事了，弟奥根？

弟奥根：一个人得特别聪明，才能刚好在人说出你的名字的时候，偶然打此路过。

阿里斯托德摩斯笑。

以你的名义，我挨了一记耳光——说实在的，是两记。第二记是以法律的名义。

阿里斯托德摩斯（愤懑地）：谁敢打你？

弟奥根：这些用耳光维持秩序的、英勇的男子汉大丈夫们。

阿里斯托德摩斯（怒气冲冲地对仆人们）：你们精神正常吗？白痴！我们是生活在一个民主城市里呀。

仆人二：他侮辱法律。

阿里斯托德摩斯：法律是不会受到任何侮辱的。

仆人一：他还侮辱你。

阿里斯托德摩斯：怎么，莫非我是这样一个傻瓜，需要保护我免受侮辱吗？难道我不是和所有其他人一样的人，对我既不能责骂，也不能赞扬吗？让开，别让我看到你们！

惊慌失措的仆人们下。

弟奥根：好极了，只是耳光还在！

阿里斯托德摩斯（笑）：爱莫能助。即使我给他们几记耳光，你也不会因此而轻松一些……只不过挨打的将是三个人，而不是一个人而已。

弟奥根：不需要有几千年的文明，就能达到这样的智慧。我认为，人们能在短暂的瞬间获得千年的经验。

阿里斯托德摩斯：或者永远得不到它。你在做什么，住在哪里？

弟奥根：我正试图进行交换，提议用雅典美丽的天空换一张可怜的床。

阿里斯托德摩斯：你很慷慨，年轻人。谁也不愿为你提供一张床吗？

弟奥根：这两个讨人喜欢的小伙子用监狱里的牢房引诱我。我还没有拿定主意。

阿里斯托德摩斯：真的，这可不是个容易解决的问题。不过你不想住在我那里吗？

弟奥根（坚决地）：不，不想。

阿里斯托德摩斯：哲学家也和狗一样，必须待在屋里。

弟奥根：你已经有一个阿里斯提卜了，会太挤的。

阿里斯托德摩斯：我打算把老狗换一条年轻的，而且是长着锐利的牙齿的，哪怕现在就换也可以。

弟奥根：年轻的性子可有点儿野呀，阿里斯托德摩斯。它们会咬人的。

阿里斯托德摩斯（微微一笑）：我们会驯服它们。就是野兽，也是可以驯服的。

弟奥根：如果所有的野兽和所有的人都驯服了，那对世界有什么好处呢？甚至连个比较都没有了。那时就不能说：像狮子那样强壮有力，像狼一般凶狠，像狐狸那样狡猾了……

阿里斯托德摩斯：我越是相信你的聪明，就越想让你住到我的家里去。你去吗？

弟奥根：我宁愿选择这儿，那位老人的床铺。

阿里斯托德摩斯：他不会给你的。谁也不想为了一个讨饭的流浪汉，为了一个哲学家而被罚款，或者坐牢。

弟奥根：他也是个讨饭的。

阿里斯托德摩斯：你太相信人的品行端正了，等待着你的是失望的大海。

弟奥根：我知道。

阿里斯托德摩斯：你将始终是孤零零的一个人。

弟奥根：我知道。

阿里斯托德摩斯：而且会像一条狗那样死去。

弟奥根（勃然大怒）：这个今天已经有人对我说过了。

我们在阿里斯托德摩斯家看到过的基法拉琴手上。

阿里斯托德摩斯：你醒了吗，基法拉琴手？你也睡不着吗？

基法拉琴手：我听说弟奥根在这儿……

弟奥根：对，我是在这儿。

阿里斯托德摩斯：你找他有事吗？（丢给他几个钱）唱吧！

基法拉琴手：我唱……不过不是为了钱。（不去拾钱）是因为我喜欢唱。（开始唱歌）

弟奥根：唱得好，基法拉琴手！

阿里斯托德摩斯：在雅典，有成千上万的人比他唱得还好。

弟奥根：这个小伙子，凭他这样的力气和身材，本来可以成为一个拦路抢劫的大盗。既然他在刀子和基法拉琴之间选择了基法拉琴，那么不管他唱得怎样，他总是唱得好的。

基法拉琴手在歌唱，脸上露出一副心不在焉的神情，仿佛谈论的并不是他。

阿里斯托德摩斯：而你，在那么多职业中偏偏挑中了伪造钱币……

弟奥根：我不是偷钱，我是为钱而工作。伪造什么都没有伪造金钱那么困难。

阿里斯托德摩斯：当你想要到我那里去的时候，你会找到我的。

弟奥根：永远不会。

阿里斯托德摩斯（眼里含着讥讽的神气）：哲学家说话不应这样绝对，真正的哲学不知道"永远不"这个词。基法拉琴手，我需要你。我要举行宴会。

基法拉琴手（继续弹琴）：我和弟奥根待在一起。

阿里斯托德摩斯（发抖）：啊，你好大的胆子！（微笑）你想和他一起放（牧）跳蚤吗？

基法拉琴手（冷冷地）：我和弟奥根待在一起。

弟奥根：你走吧，阿里斯托德摩斯，当他唱歌的时候，他是聋子。等他累了的时候，就会听到他胃里的歌声了，到那时他就会回到你那里去。而你呢，得想个办法，可别偶然碰到我。

阿里斯托德摩斯：弟奥根，我为你准备好了柔软的床铺。当你的骨头被街上的石头硌得疼痛难忍，当你和老鼠搏斗弄得筋疲力尽，想要得到一个温暖、安静的地方的时候，你就来吧，我等着你。（下）

弟奥根：你看到了吧，基法拉琴手，这个世界远比我们原来所以为的要凶恶得多，也狡猾得多。你以为它用来压倒你的是耳光、拳头、贫困和侮辱……可它却用绸缎和丝绒来打击你，用饱食餍足和生活享受来打败你。这些迷人而狡诈的敌人犹如引诱俄底修斯的塞壬女仙①，和它们斗争，

---

① 俄底修斯（即奥德赛）是荷马史诗《奥德赛》中的主人公——伊塔刻王，以机智多才和坚毅著称。传说他参加特洛伊战争后，回国途中，曾在海上遇到以美妙歌声迷人的塞壬女仙们。他用蜡塞住同伴们的耳朵，使他们什么也听不见，并让同伴们把他绑在桅杆上，这样才能没受女仙们的诱惑，安然脱险。

要困难得多……现在你去吧，基法拉琴手。

基法拉琴手（暂时中断悲哀的歌声，摇摇头）：我和你待在一起。

弟奥根：徒劳无益。我一个人还能应付我自己的贫困。两个人对它就无法忍受了，他们会被它压得弯腰躬背。（拾起阿里斯托德摩斯丢下的钱，递给基法拉琴手）拿着这些钱，去吧。

基法拉琴手不去接钱，走开几步，望着弟奥根，又弹起琴来。

（把钱塞进系在腰带上的钱袋里）见鬼去吧，你这个疯子！（回到门前，用手杖敲老人的门）喂，老大爷！

老人上。

你的床怎么样了？

老人：我再也没有床了。为了烤熟这块肉，我把床劈成碎片，投进了火里。（把一块肉和面包递给弟奥根）

弟奥根（接过肉和面包）：这么说，你害怕了……

老人：是啊，我害怕了。后来又为自己的恐惧觉得害臊，于是就把床投进火里去了。再见！（走进屋里）

弟奥根（发自内心地大笑）：老人家，既然连你也害怕了，而你已经是风烛残年，也没有什么东西可以丢失的……既然连你……（转身对基法拉琴手）你快走吧，基法拉琴手，你生下来不是为了受苦的。

帕西丰上，向弟奥根走来。

帕西丰：你好，弟奥根！

弟奥根：你怎么会认识我的。（停顿）好像我也认识你，似乎……

帕西丰：昨天晚上我们曾在那个可怕的宴会上邂逅。

弟奥根：啊，你也在阿里斯托德摩斯的这伙饿狼中间吗？

155

帕西丰：是的，我也在他们中间，但是我和他们不是同伙。我恨他们，我身上的每一滴血都憎恨他们。

弟奥根：奇怪！看样子你是十分满意的。

帕西丰（微笑）：满意吗？满意什么？对谁满意？我恨他们。我恨那个妄自尊大的富翁——我的父亲，我恨那个低能的克塞尼阿德，以及所有其他的人……

弟奥根：可是他们在养活你呀。

帕西丰：因为食物都属于他们，还有神殿、雕像和哲学家们……得做点儿什么，弟奥根。

弟奥根：这又是为什么呢？（笑）你以为，如果你取代阿里斯托德摩斯，当上了执政官，那时就会好一些吗？

帕西丰：我不会成为执政官的，因为我不想当执政官。

弟奥根：既然你不想占据他们的位子，那你为什么要指责他们呢？说实在的，你到底想要什么？

帕西丰（眯缝起眼来瞅着他）：说实在的，我不知道。

弟奥根：你叫什么名字？

帕西丰：帕西丰。

弟奥根：你是一个有钱有势的人的儿子。你还需要什么呢？

帕西丰：旁的东西！

弟奥根（笑）：比如说：贫穷。

帕西丰（充满热情地）：我快要闷死了，你明白吗？我不愿意再这样终日无所事事，我不愿意听他们那些规规矩矩的、有益的劝告，我不愿意在他们那些下流无耻的宴会上饮酒作乐，忍受他们那些沉闷乏味、呆板迟钝的废话。这真是灾难哪!

弟奥根:抛弃这样的灾难,对你来说可并不容易。还有一些更大也更明显的灾难呢。

帕西丰(令人感动地):你不怕他们,弟奥根。我看到,在宴会上你是怎样和他们辩论的。应当把青年们召集到一起……

弟奥根:召集?由我来召集吗?(衷心地大笑)为了什么召集他们?再说,在哪里召集呢?只有狗和苍蝇才会聚集在我的周围。我既没有领袖的才能,也没有领袖的虚荣心。再说,我喜欢独自一人……

帕西丰:他们会听你的话的,因为你是个置身于社会之外的人。

弟奥根:这又是怎么回事儿?

帕西丰:阿里斯托德摩斯下令,哪儿也不准收留你。他手下的人挨家挨户查看,威胁大家:谁要是让你进去,就要罚款、坐牢。

弟奥根:这样一来,雅典是不会收留我了。(忧郁地微笑)可是我爱它,只要我活着,我就决不离开这儿。

帕西丰:你应当斗争。

弟奥根(惊奇地):斗争?为了在阿提喀①的天空下获得一席之地而斗争吗?为了我投射到地上的影子而斗争吗?不,帕西丰,我不是战士。战士从来就不是自由的,他也是奴隶,是他为之进行斗争的思想的奴隶。

帕西丰(激昂地):但你是为自由思想而斗争啊。

弟奥根:我不想做任何思想的奴隶,即使是自由思想也不例外,懂吗?我什么也不想要,只除了一样——做一个自由的人。

---

① 阿提喀:古希腊的一个地区,雅典就在这个地区。

帕西丰：可是难道一个睡在光秃秃的土地上、靠乞讨为生的人，会是自由的吗？

弟奥根：土地不属于任何人……只属于神……或者是属于大自然。天空也是如此。而我得到的食物，我是不用任何东西去交换的，甚至不用感谢去交换它。

帕西丰：他们将毒化你的生活，到处驱逐你，跟踪、追捕你……

弟奥根：毒化生活？还有什么比驱逐出境更能毒化它呢？无论雅典人怎样对待我，他们也不会比西诺普人更加残酷了。他们要驱逐我吗？驱逐到哪里去呢？现在我就是一个被驱逐的人，要比现在更加不幸，那是不可能的。

帕西丰：他们会消灭你。

弟奥根：大概不会吧，因为他们需要我。

帕西丰（惊奇地）：需要你？

弟奥根：人们需要象征。我也是个象征。

帕西丰：象征？

弟奥根：自由的象征。如果雅典人和所有其他人都知道，有这么一个自由的人，他按照自己的法律生活，只做他想做的事情，不听命于任何人，也不压迫任何人，既是人，也是狗，一条流浪的野狗，存在于天地之间的一个生灵……这不是很好吗？

基法拉琴手（走近前来）：我也想做一个自由的人，做一条狗，随便什么都行，只要不向我扔钱，不向我发号施令……

弟奥根：基法拉琴手，如果不向你扔钱，那就向你扔骨头，就像扔给狗那样……这有什么区别呢？

帕西丰：我们可以……（犹豫不决）组织起来……

弟奥根（转身对他）：这又是个什么词儿？你打哪儿把它找出来的？

帕西丰：我们，所有孤独的人，可以集合在一起，团结起来……

弟奥根：如果我们集合在一起，团结起来，我们就已经不是孤独的人了。而如果我们不再是孤独者，也就不再是自由的人了……

帕西丰（焦急地）：你什么也不想做，什么也不愿意干吗？

弟奥根：但愿能找到人……一个真正的人。

基法拉琴手：你在哪里能找到他呢？

弟奥根：不知道，我正在找他。可能我永远也找不到他，但我的使命就是找寻，一直找到疲惫不堪。

帕西丰（轻轻地对基法拉琴手）：他是个疯子。

基法拉琴手（高声地）：我不喜欢弟奥根的疯狂。

弟奥根（把他从老人那儿得来的那块肉递给基法拉琴手）：你也拿点儿肉去吧，你大概饿了……

基法拉琴手接过肉去，吃了起来。

帕西丰（对弟奥根）：不管你是不是疯子，也不管你愿不愿意，我反正要把青年人召集到你的周围。

弟奥根（惊恐地）：别！

帕西丰：你害怕吗？

弟奥根：是的。（轻轻地）我不想遭遇苏格拉底的命运……

帕西丰：你有你自己的命运。（打算走了）

弟奥根：等一等！（急忙追上去）你别这么做！我不需要任何人。

帕西丰：你自己说过的，你需要人们。我去领他们到你这儿来。（下）

弟奥根（高声地）：白痴！我需要的不是人们，而是人。如果没有人，我要人们做什么呢？（转身对基法拉琴手，他刚刚吃完，现在正在用手掌擦嘴）喂，基法拉琴手，我对你说——拿一点儿肉去，可你把一块都吃掉了。

基法拉琴手立刻面带愁容，忧郁地看着他。

（微笑）你没有过错。过错在于语言，我们不会驾驭语言。

基法拉琴手瞅着他，不懂他的意思。弟奥根富有感染性地、真诚地笑了起来——基法拉琴手也笑了。两人互相对望着，衷心地高声哈哈大笑。

吉帕尔希娅

雅典郊区田野。不知是谁丢在那里的一个空桶。传来一阵脚步声，奔跑着的人们困难的呼吸声和激动的说话声。弟奥根跑上，焦急地东张西望，然后走向空桶，藏到桶里。两个仆人立刻出场，后面跟着几个市民，其中有一位年轻美貌的女子——吉帕尔希娅。

仆人一：他好像是跑到这里来了……

仆人二：这里他无处藏身。这是个荒无人烟的地方。

吉帕尔希娅：你们为什么追捕他？他犯什么罪了吗？

仆人一：他是个流浪汉。

吉帕尔希娅：他犯什么罪了吗？

仆人一：我们应该肃清城市里的流浪者。

吉帕尔希娅（执拗地）：他犯罪了吗？

仆人一：哼，你管什么闲事？喂，大家散开！

吉帕尔希娅一动不动。

市民：应该根除所有的流浪汉！不然由于这些无家可归的狗，不久我们就不能走出家门了。

吉帕尔希娅：大家都有生活的权利。

仆人一：都给我住嘴，滚开这儿！这条狗跑到哪里去了？

弟奥根（从桶里伸出头来）：我在这里。

两个仆人向他猛扑过去。

（警告地伸出一只手）等一等！

追捕者站住了。

我到底犯了什么罪？

仆人一：犯了流浪罪。

弟奥根：这是什么意思？

仆人二：凡是没有固定住处的人，可以这么说，凡是头上没有屋顶的人，就是流浪汉。

弟奥根（彬彬有礼地）：谢谢。（停顿）我有它。

仆人一：有什么？

弟奥根：头上的屋顶，固定的住处。

仆人二：在哪儿呢？

弟奥根（指着桶）：在这儿。

在场的人都哈哈大笑。两个追捕者困惑地互相使了个眼色。

仆人一：这是桶，而不是房子。

弟奥根：谁又说这是房子来的？

仆人二（对仆人一，悄悄地）：法律没有明确规定：所说的是房子呢，还是什么旁的东西。法律说的是：住处，屋顶……

弟奥根：如果你们不信，请到我的住处里来吧。这儿有屋顶，两道门，还有地板……不错，稍嫌窄了点儿，不过一个人也足够住了。

仆人一（明显地张皇失措）：咱们怎么办呢？也许，揍他一顿？

仆人二：只要他待在自己的住处，我们就没有这样做的权力。

弟奥根（装作愤怒的样子）：这是怎么回事？为什么这些流浪汉在我的住处周围转来转去？

大家笑。

难道就没有人来保护我们这些和平的居民，竟让这些流浪汉在我们的房屋周围无事游荡吗？说不定他们会溜进我的屋里，偷光我的一切财产哩！

笑。

仆人二：弟奥根，别让我们再看到你。

弟奥根：我自己也不愿意。原来我们的愿望不谋而合呀。这就是人们之间谐调一致的基础了……

两个仆人在在场的人们的笑声中下。弟奥根开始学鸟叫。人们被叫声吸引，聚集在他的周围。

噢，神明啊，请你们看看这些人吧！他们多么急于要听人学鸟叫哇。如果我想跟你们谈点儿什么严肃的问题，你们恐怕就不会这样拥挤了。走开吧，没有脑筋的人们！

人们散了，把他当成一个疯子。只有吉帕尔希娅留了下来。

你为什么不跟他们走呢？

吉帕尔希娅：我叫吉帕尔希娅。弟奥根，我想听听你的声音。

弟奥根（气愤地）：我再不想学鸟叫了。

吉帕尔希娅：我完全不是因为你学鸟叫而感到高兴。真正的鸟叫得好听得多，无论如何，它们叫得更自然些。

弟奥根：那么，你大概是想看看怎样在桶里生活啦。

吉帕尔希娅否定地摇摇头。

你太漂亮了，我的外貌是不会让你产生好感的。

吉帕尔希娅：正是你的外貌引起了我的好感。（走近一些）让我在这儿稍待一会儿吧。

弟奥根：天空属于神明，土地属于人们，桶不属于任何人。

吉帕尔希娅：我听到了许多关于你的事情。据说你是个聪明而又勇敢的人。

弟奥根：噢，如果讨饭是聪明，住在桶里是勇敢的话……

吉帕尔希娅：可能，住在桶里是聪明，而讨饭是勇敢……我需要聪明和勇敢，弟奥根。

弟奥根：可我还是不明白你为什么要留在这里。

吉帕尔希娅：如果苏格拉底还活着的话，我会扑到他的脚边，请求说：教教我吧！

弟奥根：柏拉图还活着。

吉帕尔希娅：柏拉图冷淡而遥远，犹如天际的一颗寒星。我不能对他说：请允许我到你这里来，请你教教我！

弟奥根：聪明对女人毫无用处。女人应当会做味美的食物，会铺干净的床铺，准备好充满爱情的夜晚。

吉帕尔希娅：如果女人不能学会做聪明人，她们就要学会做奴隶。她们就会成为奴隶，成为雕像，成为物品，成为女人——床铺，女人——饮料，女人——房屋，女人——树木……

弟奥根（微笑）：你做过什么呢？

吉帕尔希娅：女人——干树枝。（若无其事地接着说下去）既然苏格拉底早已死了，所以我请求你：教教我吧。

弟奥根（温柔地）：回家去吧。

吉帕尔希娅：教会我了解人的心，教会我思想，教会我爱。

弟奥根：根本谈不到爱。

吉帕尔希娅：可总是在谈论爱情。

弟奥根：关于这个，我什么都不懂，因此不可能教导别人，只有柏拉图认为爱情是可以教会的。如果他不是苏格拉底的朋友，我真要对准他的前额啐一口唾沫……就对着他那宽阔、光滑的前额，就是在这前额的后面隐藏着最难以置信的谎言……（气愤地）柏拉图应该去写诗，而不是研究哲学！在诗中还可以说谎……

吉帕尔希娅（以女弟子的口吻）：在哲学里不能说谎吗？

弟奥根：不，哲学应当以真理为出发点。

吉帕尔希娅：什么高于真理呢？

弟奥根：幻想。

吉帕尔希娅：难道柏拉图不是在幻想吗？

弟奥根（因为关于柏拉图他们谈论得这么多，他感到气愤）：一个人住在叙拉古，住在迪奥尼西①的宫殿里，过着养尊处优的生活，食物要精

---

① 指迪奥尼西一世（约公元前 432—公元前 367），叙拉古（在西西里）的暴君。

制细做，如同一位王子，一个这样的人能有什么幻想呢？

吉帕尔希娅：也许，你对他并不公平吧？

弟奥根：对于那些自己住在宫殿里，同时却又高谈阔论，大谈什么真理和人民幸福的人，是不可能公平的。

吉帕尔希娅：我喜欢热情的人。

弟奥根（冷淡地）：我很高兴。

吉帕尔希娅（严厉无情地）：可是我不喜欢不公平的人。

弟奥根：有时正是热情会产生不公平。

吉帕尔希娅：有时会产生爱情。（用睁得老大的、明亮而且闪闪发光的眼睛望着他）

弟奥根：吉帕尔希娅，停止这场游戏吧！作为一个女人，你太美丽，也太聪明了。你要什么呢？

吉帕尔希娅：帮助我成为一个自由的人。

弟奥根：想要成为自由人的人是不会请求别人帮助的。

吉帕尔希娅：如果他自己不知道……

弟奥根：如果不知道，这就意味着，她不配做一个自由的人。这就意味着，她天生注定了要做奴隶，要么是做妻子，要么是做干树枝。

吉帕尔希娅（毫无不快的神色）：如果自由就在于伤害别人的自尊心，扼杀他们内心深处的希望，显示自己对人们的憎恨，照我看，那还不如去做奴隶。你的自由只能令人感到遗憾。（想走）

弟奥根：等一等！

吉帕尔希娅站住。

你来找我，是为了让我教你，还是为了由你来教我呢？

吉帕尔希娅：为了让你把我不知道的教给我，而我把你不知道的教给你。

弟奥根：这简直像是蛮横无理了。

吉帕尔希娅：而你的话却不像哲学家的回答。

弟奥根（猛搔下巴底下的大胡子，仿佛有跳蚤在咬他）：不像又怎样呢？（搔痒、撇嘴、皱眉，仿佛无法忍受在辩论中败北）你就应该得到伤害你自尊心的回答。

吉帕尔希娅（下定决心，冷冰冰地）：你是现在就给我这样的回答，还是等我走了以后呢？

弟奥根（站起来，走到她跟前）：你别走！

吉帕尔希娅看着他，仿佛是看什么奇怪的东西，笑了起来。

我知道。这会儿我像一个可怜的小丑。我是第一次请求别人不要走开……（摇头，仿佛责备自己）我去找一个人，半路上却有一个女人让我停了下来。

吉帕尔希娅：你确信，你要寻找的就是这个吗？

弟奥根：现在已经不太确信了。

吉帕尔希娅：你是说，叫我留下来……

弟奥根：但我衷心希望你走。你从来没有这样的情况吗？希望的是这样，而说出来的却正好相反。

吉帕尔希娅（真诚地）：没有。（向他伸出一只手去）弟奥根，我要把你从孤独中解放出来。

弟奥根（苦笑）：你是要把我从自由中解放出来。（坐到桶边）

吉帕尔希娅（坐在他的身旁）：弟奥根，不能像你所希望的那样生活。

如果诸神是为了孤独而造人……

弟奥根（开玩笑地）：他们就不会创造女人了。

吉帕尔希娅（十分严肃地）：他们就只创造一个孤独的人。

弟奥根：他们的错误正在于此。在有了两个人的那一天，两个人中的任何一个人已经不能自由了。

吉帕尔希娅：因为你认为：做一个自由的人——这就意味着憎恨。

弟奥根：而你认为呢？

吉帕尔希娅：我认为，人们是为了爱而被创造出来的。因为他们是两个人。

弟奥根：既然这两个人是为了爱而被创造出来的，那么为什么一个成了主人，另一个成了奴隶？为什么一个得到了鞭子，而另一个却得到了锁链呢？

吉帕尔希娅：我不知道。正是因此我才来找你，向你求教的。不过你得到了什么呢？

弟奥根：什么也没得到。这正是我是一个自由人的象征。

吉帕尔希娅：把手伸给我，弟奥根！（把面颊贴在他那只大手的手掌上）我允许你抚摸我。

弟奥根（微笑）：你是第一个女人，不向我提出任何要求，就允许我抚摸你。（抚摸她的面颊）

吉帕尔希娅：你知道我是什么时候爱上你的吗？（吻他的手掌）

弟奥根（战栗）：你还打算说什么蠢话呢？

吉帕尔希娅（没听他说话）：在认识你很久以前：当我还是个小姑娘，在海边上等候从德洛斯驶来的航船；当父亲送给我这只金手镯，我希望让

167

大家都看到它——因为这意味着我已经是一个成年的大姑娘了；当我为了母亲所说的每一句使我感到委屈的话，把自己的嘴唇咬出血来，而谁也不能保护我，不能抚摸我的脸蛋；当我亲吻着自己的手，知道这是我自己的手，而不是别人的手，因而哭泣的时候，我就已经爱上你了。

弟奥根（姑娘的倾诉明显地使他感到窘迫）：我想，你该回家去了。

吉帕尔希娅（仍然不听他说话）：现在我知道，我在海边等候的就是你，我亲吻的就是你的手。我还知道，我永远也不会离开你了。

弟奥根：你是个小孩子，吉帕尔希娅，当你醒悟过来……

吉帕尔希娅（打断他的话）：我是个老太婆，而你是我拄着的拐杖，是我的衣服，能为我挡雨御寒、遮蔽灼人的阳光和人们好奇的目光。你是我幸福的命运。

弟奥根：一切不幸的根源就在于此：人们接受所发生的一切，把它当作幸福的或凶恶的命运，而不知道，各种命运会互相纠结在一起的。你认为你永远爱我，我就是你的命运，因为偶然的机会使我们今天相遇，而我不能像赶走别人那样把你赶走；因为你需要得到支持，因为太阳位于天空中一个固定点上，因为风从大海上吹来，因为今天你认为自己比你实际上的年龄更大，而我认为自己比我实际上更有力量。一天以后，甚至转眼之间，这一切即将发生变化，我已经不是你永远爱着的那个人，已经不是你幸福的命运，而只不过是从德洛斯驶来的航船，只不过是一只金手镯，只不过是一个符号，也就是在我们相逢之前的那个人了。

吉帕尔希娅（猛然转身面对着他）：你为什么这样恨自己呢？

弟奥根：我不能恨自己，吉帕尔希娅。正如我不能爱自己一样。如果说我爱自己身上的什么东西，那么这就是对绝对自由的渴望；如果说我恨什么，那么这就是没有能力获得绝对的自由。

吉帕尔希娅：绝对的自由？

弟奥根：只有柏拉图才能想象得出来的那种自由，如果他不是一个不可救药的撒谎者的话。这样的自由，只是空想。

吉帕尔希娅：在你的想象中，这种绝对的自由像什么样呢？

弟奥根：嗯，大概，为此得拆毁一切要塞的城墙，再不要互相残杀，再不要侮辱他人，每一个人都不再是雅典人、斯巴达人、底比斯①人或马其顿人，而是像我这样——是一个世界公民，而且想住在哪里就住在哪里，无论是想住宫殿，还是想住在桶里，不过这是因为他想要这样，而不是因为命运做了这样的安排……

吉帕尔希娅：啊，天哪，多么美呀……

弟奥根：美，真的吗？

吉帕尔希娅（全神贯注于自己的思想）：……这一切蠢话，你说得多么美啊！

弟奥根（蹙眉）：你在嘲笑我吗？

吉帕尔希娅：你是我所敬爱的，我爱听你说话。

弟奥根：你爱听蠢话吗？

吉帕尔希娅：胜过世界上的一切。合乎理智、深明事理的话，我已经听够了。

弟奥根（骄傲地）：我说的一切，你认为都是蠢话吗？

吉帕尔希娅：这一切都是小孩子的话，弟奥根。

———————————

① 底比斯：古希腊的重要城市。

弟奥根（跳起来）：你多大了？

吉帕尔希娅：十八岁。

弟奥根：我比你大十一岁。

吉帕尔希娅（柔情脉脉）：那又怎样呢？你干吗像一只绵羊似的跳起来了？

弟奥根：你没有权利评判我！你才是个孩子呢！

吉帕尔希娅（意味深长地）：我不是说过了，我是个老太婆。请你坐下！

弟奥根（嘟嘟囔囔地坐下）：我请你不要教导我。

吉帕尔希娅：好的。（立刻又继续教训他）难道你认为，会找得出一个这样的人来，哪怕是一个人呢，他会愿意离开宫殿，住在桶里吗？

弟奥根：我并没有说他得离开宫殿。我说的是我希望的情况。

吉帕尔希娅：既然大家都在驱逐你，你怎么能做世界公民呢？既然就连有城墙的时候，人们也在互相残杀，又怎么能拆毁要塞的城墙呢？

弟奥根：然而可以过和平生活，而不要杀人。

吉帕尔希娅：不可能。因为宫殿里需要奴隶。

弟奥根：你说的是已经存在的事实，我说的是应该成为事实的理想。

吉帕尔希娅：你指望能说服人们离开宫殿，搬到桶里去吗？能说服人们拆毁城墙，彼此相爱吗？

弟奥根：我不想说服任何人。我自己想要这样生活。

吉帕尔希娅：如果你不说服他们，他们永远也不会允许你像你所希望的那样生活。

弟奥根：我不能，而且也不想说服他们。

吉帕尔希娅：这样的话，你早晚不得不像他们一样生活。

弟奥根：永远不会。

吉帕尔希娅：那些驱逐你的人也是这样说的。他们人很多，你却只是一个人。

弟奥根（又跳起来，勃然大怒）：那么你说怎么办呢，吉帕尔希娅老太婆？

吉帕尔希娅（故作谦虚地）：我来找你，是为了请你教导我，而不是为了由我来教导你。

弟奥根：你走吧，我没有什么可以教给你的！

吉帕尔希娅：太迟了，弟奥根。既然那时候你不允许我走，现在这已经不可能了。

弟奥根：为什么呢?

吉帕尔希娅（站起来）：因为你是我幸福的命运。

弟奥根（非常懊丧）：光说蠢话的命运。

吉帕尔希娅：非常美的蠢话。（把头靠在他的肩上）如果你愿意知道的话，当我年轻美丽的时候，我曾幻想爱上一个疯疯癫癫、性情凶恶的人，为了每一件蠢事每天和他吵架，不管是大事，还是小事，而到夜里，和他一起睡在雅典高高的天空底下，一辈子都和他一起住在桶里，相亲相爱，只有世界公民才能爱得那么深。

弟奥根：噢，柏拉图哇，你并不是世界上最大的说谎者！一个女人已经胜过了你。

171

渐暗，弟奥根的最美的夜晚降临了。

幕间剧

柏拉图（庄严地端坐在犹如安乐椅的座位上，用一只手做手势）：你过来，弟奥根！

弟奥根（坚定地用赤脚踏着贵重的地毯走过去）：我在践踏柏拉图的傲慢。

柏拉图（处之泰然）：用另一种傲慢。

弟奥根：你为什么要叫我来呢？

柏拉图：为了和你谈谈。

弟奥根（调皮地微笑着）：伟大的柏拉图不会只是为了随便谈谈，就把可怜的弟奥根召唤到自己身边。我们两人之中谁也不应该这样做。那么在你面前，我有何过错呢？

柏拉图（庄严地）：这你就已经有过错了！我只不过是一个普通公民。

弟奥根：好一个普通公民！

柏拉图（十分傲慢地）：哲学家应当互相敬爱。一个哲学家不该唆使人们攻击另一个哲学家。

弟奥根：但难道人是不会说话的动物，会听任别人唆使吗？

柏拉图：这一点我正想要问问你哩。

弟奥根：你不觉得我们是在浪费时间吗？

柏拉图：为了弟奥根，我是有时间的。

弟奥根：也许，说的是我的时间，而不是你的时间。

柏拉图（并不降低自己的身份，以为受辱）：为什么你执拗地力图做恶人呢？不是吗，这与你内心的本质并不相符呀？

弟奥根：你怎么知道的呢？

柏拉图：禀性凶恶的人不会满足于凶恶的言辞，他们会使人受害。

弟奥根（惊诧地）：而我不使人受害吗？

柏拉图：不。你是给人解闷儿。

弟奥根：你侮辱我。

柏拉图：人生是严肃的事情。你却喜欢寻开心。

弟奥根：你认为写喜剧的阿里斯托芬[1]不如悲剧作家欧里庇德斯伟大吗？

柏拉图：我认为，既有严肃的东西，也有可笑的东西，但不应把它们混合在一起。

弟奥根：不是我把它们混合在一起，是生活。

柏拉图（阴郁地）：嘲弄严肃的事物，这可不好。

弟奥根：你指的是公鸡的事吗？

柏拉图（谈话接触到他不想触及的具体事实，这使他感到有点儿不安）：也包括这件事。

弟奥根：我认为它也让你觉得好笑……

柏拉图（半闭着眼睛望着他）：可能，它会让我觉得好笑的，如果实际上它的确可笑的话。当我正和学生们谈论人的时候，你拿着一只拔掉了毛的公鸡跑了来，像个疯子似的高声叫喊："照柏拉图的意见，这就是

---

① 阿里斯托芬（约公元前448—公元前380），古希腊早期喜剧代表作家，"喜剧之父"。

173

人!"难道这有什么意义吗?

弟奥根(笑):怎么没有呢——你不是说,人就是没有羽毛的两条腿的动物吗!拔掉毛的公鸡也是没有羽毛的两条腿的动物啊。

柏拉图(稍有点儿气愤):你把问题简单化了,弟奥根。

弟奥根(狡猾地微笑):是我把问题简单化了吗?

柏拉图:你很机灵。我很高兴做你的朋友。

弟奥根:还能不高兴吗?因为朋友是比敌人有益的两条腿的动物。

柏拉图:你甚至是我的敌人吗?

弟奥根:看你说的!我只不过不喜欢一个聪明人去讨好一个傻瓜。

柏拉图:我不懂。

弟奥根(故作惊讶):怎么,难道世界上竟有柏拉图能说他不懂的事情吗?

柏拉图:通常我不懂我自己的事情。你说的是什么呢?

弟奥根:我看到,在一次豪华的宴会上,你只吃齐墩果。于是我问自己:到底出什么事了?正是因为爱吃珍馐美味,柏拉图才在西西里迪奥尼西的宫廷里找了个职位,现在珍馐美味就摆在他面前,他为什么连碰都不碰呢?

柏拉图:在西西里我也是只吃齐墩果。

弟奥根:那你为什么恰恰是到那里去了呢?难道在那一年阿提喀的齐墩果歉收吗?

柏拉图:迪奥尼西是我的朋友!

弟奥根:一个傻瓜会是柏拉图的朋友吗?

柏拉图:我们不仅是根据智慧,而且也是根据心地善良来选择朋

174

友的。

弟奥根：那么你是因为什么要让我做你的朋友呢？

柏拉图：既因为智慧，也因为心地善良。

弟奥根：不管你怎样奉承我，我也不能对你怀有善心。

柏拉图：你是因为自己穷，所以嫉妒我吗？

弟奥根：你倒是应该嫉妒我，因为我穷。

柏拉图：如果我没有看到你是怎样在广场上洗那几片生菜的话——这就是你午餐的全部内容了！

弟奥根：对我来说，这生菜同样是一顿丰盛的午餐，并不比迪奥尼西的几百只烤羊逊色。

柏拉图：如果你能稍微迁就一下迪奥尼西的愚笨，你就不必在广场上洗生菜了。

弟奥根：如果你能在广场上洗生菜的话，你就不必迁就迪奥尼西的愚笨了。

柏拉图：假定说，你是对的。但可以既说实话，而又不必过这样穷苦的生活。

弟奥根：柏拉图，然而如果生活太富裕了，你也就永远不会说实话了。

柏拉图：我在城郊有一间斗室，让我们一起住在那里吧。不要再逗乐了，因为你已经是一个成年人；也不要用你这个桶来惹人生气了……如果你和我一起到那里去，我们的生活不会像在迪奥尼西的宫殿里那么好，可也不会像在你的桶里那样坏，而是恰如其分，年老的聪明人正应该过这样的生活。

弟奥根：不会有任何好结果的。首先，我们会吵得很凶。

柏拉图：为了什么呢？

弟奥根：你以为我能冷静地听你那些好像"桌子概念""高脚酒杯概念"之类的笑话吗？

柏拉图：为什么你认为这是笑话呢？

弟奥根：因为桌子和高脚酒杯我是看见的，可是没有看见，也不能看见高脚酒杯概念和桌子概念。

柏拉图：但这非常简单：你有一双能看见桌子和高脚酒杯的眼睛，可是没有，要么是还没有能看见桌子概念和高脚酒杯概念的内在视力。

弟奥根：瞧，我们已经吵起来了。

柏拉图（平静地）：我们不是吵架，弟奥根。我们是在争论。

弟奥根：随便争论什么，你都可以这样冷静，即使谈论的是你死去的兄弟——如果他死了的话。我却会失去自制，大喊大叫，怒不可遏，捶胸顿足。我没有你那种能看到桌子概念和高脚酒杯概念的内在的视力。我看见高脚酒杯，就会把它扔到你头上去，看见桌子，就会把它推翻，压到你的身上。（大声叫喊）柏拉图，我有感觉！我看得见，柏拉图！你和你那些概念，你那些主观幻想统统见鬼去吧！

柏拉图（冷淡地）：我并不强迫你相信它们。

弟奥根（急躁地）：你不强迫，那又怎样呢？你以为我没有自己的怀疑、自己的噩梦吗？

柏拉图：那我们就会更快地互相理解了。

弟奥根：那我们就会更快地互相消灭了。

柏拉图：我所说的一切，照你看，没有任何东西值得注意吗？

弟奥根：人哪，我和你谈的是什么呢？正因为我觉得你的话值得注意，正因为你那些蠢话使我激动不安，我才不能待在你的身边！

柏拉图（有一瞬间，满意的微笑使他那大理石似的脸上有了生气）：这么说，你并不蔑视我吗？

弟奥根（大声叫喊）：我恨你，又钦佩你，爱你！但是我觉得，最好是远远地离开你。我是如此强烈地热爱太阳，在我孤独的时候，它给我以温暖，但是如果我冒险接近太阳，它就会熔化我的翅膀，就像熔化伊卡洛斯①的翅膀那样。要么会照瞎我的眼睛，要么会使我化为灰烬。不，柏拉图，最好让我们尽可能互相离远一点儿。

柏拉图：你是个疯子，弟奥根。你像苏格拉底那个老头子，不过你是个疯子。

弟奥根（突然平静下来）：我们俩都是疯子，柏拉图。你承认吧！

柏拉图：我不承认！

弟奥根：骄傲使你激动。

柏拉图：骄傲使我们两人激动，弟奥根。你承认吧！

弟奥根（开朗地微笑）：我承认。

桶好比宇宙

在弟奥根的桶和一棵树之间拴着一根绳子，上面晾着一些破衣服。弟

---

① 伊卡洛斯：古希腊神话中建筑师代达罗斯的儿子，他和父亲逃离克瑞忒时，因飞近太阳，使得翅膀粘在他身上的蜡被太阳晒化了，遂坠海而死。

奥根只穿一件衬衫躺在桶旁边的草地上，沉思默想地望着天空。吉帕尔希娅从桶里探出头来——这是一张睡眼惺忪的孩子的脸，而孩子已经养成这样的习惯，总是在太阳升起很久以后才从睡梦中醒来；眼睛里还饱含着夜间的幻想，朱唇半启半闭，仿佛等待着亲吻。

吉帕尔希娅：早上好，弟奥根！

弟奥根：说实在的，已经不很早了，吉帕尔希娅，你该回家去了。

吉帕尔希娅：你怎么会产生这种念头的！既然我和你待在一起了，这就是说，我不打算回家了。连这样简单的事情都不懂，你还算个什么哲学家呢？

弟奥根：简单的事情总是会逃出哲学家的视野。

吉帕尔希娅：你甚至没有对我说一声"早上好！"

弟奥根：这是逃出我的视野的简单事情之一。早上好，吉帕尔希娅！

吉帕尔希娅：第一夜真的是美极了。

弟奥根：它所以美，并不是因为它是第一夜。真正美的总是已经结束了的。

吉帕尔希娅（和睡意做斗争）：我不完全懂。

弟奥根：任何开始都是什么事情的结尾，正如任何结尾都是什么事情的开始一样。终结，这同时也就是开始，所以它能成为真正的美。

吉帕尔希娅（亲热地对他说）：你说的话太聪明了，可我还没有完全睡醒哩。在某种程度上，你是一个诡辩家，弟奥根，对吗？

弟奥根：在某种程度上，我什么都不是。

吉帕尔希娅：不，在某种程度上，你是弟奥根。

弟奥根：这反正一样。

吉帕尔希娅：每天早上你都这么讨厌吗？

弟奥根（纠正她）：是相当讨厌。

两人笑。吉帕尔希娅从桶里爬出来，吻弟奥根。有一段时间他们默默地坐着。

吉帕尔希娅：我在想，如果这个夜晚和这个早晨能够是真实的，那么你对我讲的一切，也都不能是真实的了。

弟奥根：你指的是？

吉帕尔希娅：关于绝对自由的思想。我想，如果两个人住在桶里能是幸福的，那么桶——在某种程度上也就是世界，另一种世界，不过它是存在的。

弟奥根：愚蠢的想法！

吉帕尔希娅：可是这些愚蠢想法都是你的思想，弟奥根。

弟奥根：你什么也没弄懂。你是像一个女人那样思考问题。

吉帕尔希娅：难道女人是用另一种方式思考吗？

弟奥根：是的，因为她们不是用头脑思考。

吉帕尔希娅：用什么呢？

弟奥根：比如说，用皮肤。

吉帕尔希娅：你是个恶毒的人。

弟奥根：因为我说老实话。

吉帕尔希娅：因为你知道，你是在说无礼的话，你并不想说这些话，可是过分的自尊心迫使你这样说。

弟奥根（翻身俯卧在地上，用胳膊肘撑着身子，望着她的眼睛）：你见怪了吗？

吉帕尔希娅：对可怜的无礼的话吗？何况它是谎言的产物，而且是由于自尊心才说出来的呢？（笑）弟奥根，你不认为我们现在当真是自由的，而我们都是世界公民吗，即使我们的世界具有桶的形式？

弟奥根：我希望如此。

吉帕尔希娅：的确如此。存在的只有我们、贫穷、美丽，我们不属于任何人，我们处于天地之间，谁也不能从我们这个世界里把我们驱逐出去。不能驱逐我们，因为我们是世界公民，我们自己既是自己的奴隶，也是自己的主人，既是爱人者，也是被爱的人。（意味深长地望着他的眼睛）我爱你。

弟奥根（悄悄地）：我好像是找到了，老头子。可惜你已经死了，你准会心满意足地放声大笑的。

吉帕尔希娅（惊愕地）：你跟谁说话？

弟奥根（朴实地）：和我父亲。

吉帕尔希娅：多么奇怪！你直望着我的眼睛。（停顿）我想吃东西。

弟奥根：自由的错觉很快就消失了！

吉帕尔希娅：为什么呢？

弟奥根：得吃东西。

吉帕尔希娅（孩子似的）：好极了。我就要吃。

弟奥根：要想吃，就得有吃的东西。

吉帕尔希娅：我用这只金镯子能换来一大堆食物，足够我们吃整整一天。

弟奥根：等到你没有什么可以变卖的时候呢？

吉帕尔希娅：我们去偷。

弟奥根：一旦偷了东西，我们就也和大家一样，已经不可能是我们自己了。

吉帕尔希娅（强烈地感觉到自己的过错）：弟奥根，我想，超过十天不吃饭，我是受不了的。

弟奥根：可我想，超过一天不吃饭，你就受不了了。

吉帕尔希娅（惊慌地）：那我们怎么办呢？

弟奥根：你应该回家去，回到你父母那里去。

吉帕尔希娅：我不回去！我已经跟你说过了。

弟奥根：这样的话，我们就一起去讨饭。

吉帕尔希娅（由于这个想法而欢欣若狂）：妙极了，咱们讨饭去！（突然面带愁容）如果我们靠乞讨为生，那我们还是我们自己吗？

一小群年轻人渐渐走近，其中有帕西丰和基法拉琴手。

基法拉琴手站在较远的地方，开始歌唱。那一小群人都向弟奥根走来。

帕西丰：你好，弟奥根！

吉帕尔希娅（惊恐地）：这是伙什么人？

弟奥根：他们也在寻找什么。（对帕西丰）你听我说，朋友，可惜我不愿意参加如此盛大的庆典。你们人太多了。

帕西丰：将举行理智的庆典。这些年轻人想听你发表讲话。

弟奥根：即使我无话可说，也非说不可吗？

帕西丰：弟奥根总是有话可说的。（发觉吉帕尔希娅）不过我预料今天你不会谈论孤独了。

吉帕尔希娅（对弟奥根）：我不喜欢这些人。为什么他们不肯让我们安静一下呢？

弟奥根（对帕西丰）：你们想要什么？

帕西丰：要做自由人。

弟奥根：请做吧。

帕西丰：怎样做呢？

弟奥根：像我这样。

克拉德斯（从帕西丰的那一小群人中）：为此我们该做什么呢？

弟奥根：几乎什么也不要做。

帕西丰：自由应该是争取到的，不是吗？我们应当组织起来，为自由而斗争……

弟奥根：你为什么使问题复杂化呢，帕西丰？斗争以及其他都意味着仇恨、死亡、新的战争和新的苦难。如果你们想做自由人，那就离开你们有钱的父母，走出你们富丽堂皇的房屋，抛弃你们那些愚蠢的法律，远远地离开人们和城市吧。不要接触由人制造的任何东西，否则这些东西就会拖你们的后腿。为大地和天空，为雨水和太阳，为森林和大海的波浪……而尽情欢乐吧，而且要互相敬爱。要相亲相爱，而不要兵戎相见！但要想知道这一切，是用不着到我这儿来的。这里面并没有任何哲理。

青年：他在嘲笑我们。

克拉德斯：我们只是这样觉得而已，因为我们不知道我们是为什么来的，也不知道我们想要什么。

青年：我知道我想要什么，可是这个弟奥根在嘲笑我们。

克拉德斯：谁要是因为他所听到的不是他想要听的，就认为人家是在嘲笑他，那么他就不应受到另一种对待。

弟奥根开始学鸟叫。那些年轻人都惊奇地望着他。只有克拉德斯高兴地笑了。

帕西丰（遗憾地）：弟奥根，我尽力设法召集这些青年来到你的身边，你却认为最好是对他们学鸟叫！

弟奥根：能有什么比鸟叫更好的呢？

克拉德斯：你们要知道，朋友们，在一大群愚人面前，一个人非但不傲慢自大，反而当着他们的面学鸟叫，他一定是一位真正的哲人。谢谢你的教训，弟奥根！（和其他青年下）

帕西丰：弟奥根，你不担负起庇护这些青年的责任，是犯了个错误。

弟奥根：难道我像一个能庇护别人的人吗？我只会空谈。

帕西丰：再见，弟奥根！你要知道，你对于我是非常宝贵的。走吧，基法拉琴手！

基法拉琴手仍然不动声色地唱着，好像这话不是对他说的。

你也有点儿怪！（下）

吉帕尔希娅（指着基法拉琴手）：他为什么不走？

弟奥根：不知道。有些事物，当我们对它们一无所知的时候，才是更美的。就让它保持自己的本来面目吧。要想知道这棵树的情况，就得砍倒它，于是树就变成一个可怜的树桩了。

基法拉琴手走近前来，默默地递给弟奥根一块烤肉。然后一面继续唱着，退到一边。

吉帕尔希娅：他为什么给你肉呢？你又没有向他要任何东西，不是吗？

弟奥根：他是向我还债。你吃吧，吉帕尔希娅！（拿出刀子来切肉）

两人吃肉。两个仆人伴随美特罗科尔上。

仆人二：这是你们正在寻找的那个人吗，美特罗科尔？

美特罗科尔（向吉帕尔希娅跑去，抱住她）：吉帕尔希娅，你还活着，我是多么幸福哇！

吉帕尔希娅（冷冰冰地）：这是弟奥根！

美特罗科尔（不看弟奥根）：你得立刻跟我走！父亲从昨天起一直坐在海边哭泣，他以为你淹死了。要是你看到他的话——吉帕尔希娅，一夜之间，他已经鬓发斑白了。他一面哭，一面在揪自己的头发，等候海浪把你的尸体冲上岸来。咱们走吧，妹妹！

吉帕尔希娅：我不能离开这个人，美特罗科尔！我爱他。

美特罗科尔：你要是不回去，父亲会急死的。

弟奥根：去吧，吉帕尔希娅。幸福永远不应建立在别人的痛苦上，不然它就是虚幻的，也是不会长久的。

吉帕尔希娅（泪水盈眶）：弟奥根，你等着我，可别走哇！

弟奥根温柔地微笑。吉帕尔希娅随美特罗科尔下。

弟奥根（对仆人们）：据我理解，你们不是为她来的。

仆人二：当然啦，是为你来的。

弟奥根：如果你们想要知道我的健康状况，那么请你们听着，我身体健康，过得也挺不错。

仆人一（蛮有把握地）：你是个流浪汉，弟奥根！

弟奥根：我们好像已经谈妥了，这个固定住处解除了对我的这一指控。

仆人一（以同样的口吻）：弟奥根，你没有住处。

弟奥根（指着桶）：这比住处还大。这是我的宇宙。

仆人一（冷笑）：宇宙？什么宇宙？

弟奥根：我的宇宙。在这个宇宙里我可以面对自己。

仆人一（猥琐地笑）：或者是面对姑娘。

弟奥根：也许，她是我自己的一部分。但这不关你们的事。

仆人一：你们只要听听看啊，她是他的一部分！你可真要成为一个什么宇宙了！

仆人二：既然桶是你的住处，那你为什么不坐在桶里呢？

仆人一：还是你的宇宙发臭了呢？

弟奥根（镇静地）：我在自己的住房前面晒太阳。

仆人二：既然你在晒太阳，这就是说，你不在屋里，还是在露天地里。而不在屋里又没有证件的人，就算作无家可归的流浪汉。

弟奥根：每次我一看到你们，我就躲开太阳。（钻进桶里）

仆人二：咱们走吧！他神经不正常。

仆人一：等一等，我有个想法。我也是个哲学家哩，瞧，就是这么回事！（高声狂笑）要有思想，也并不那么困难！（走到桶前，从地上拾起弟奥根的刀子，用它割断晾着破衣服的绳子。然后把桶推向另一个仆人）

他们就这样把桶滚过来，又滚过去。两个超龄的白痴开始了疯狂的游戏。后来他们又发现了另一种玩法：像玩陀螺那样旋转那个桶。

基法拉琴手（停止歌唱，起初默默地看着这个场面，后来失去耐心，大声喊道）：住手，败类！

仆人们望着基法拉琴手，有一刹那住了手，后来又开始玩起这种白痴的游戏来。

185

（放下基法拉琴，向他们冲去）你们为什么要侮辱他？为什么？白痴！这个人做了什么对不起你们的事情？他自由自在，不需要你们，于是你们就恼怒了吗？别打搅他，别打搅他，听到了吗？

这是基法拉琴手失去自制以后所说的一句最长的话。但两个仆人根本不理会他。基法拉琴手挥拳扑向他们。他身强力壮，无所畏惧地奋力投入战斗。两个仆人被打得措手不及，试图反抗。他气得两眼发黑，没有注意到一个仆人举起了弟奥根的刀子。正当基法拉琴手和仆人二厮打的时候，仆人一一刀刺中他的背脊。基法拉琴手回转身来，十分惊异地瞅着他，随后，一声没哼，默默地倒下。

仆人二（吓得发抖）：你干的好事，糊涂虫！我们又得坐牢了！

仆人一（攥紧拳头）：别作声！（恐惧地环顾四周，然后逃之夭夭）

仆人二也跟着他逃跑了。两人都不见了。基法拉琴手一动不动地倒在地上，背上插着弟奥根的刀子。有一段时间寂静无声。后来，惘然若失，耳朵被震聋了的弟奥根从桶里爬了出来，步履蹒跚，环顾四周，随后发现了基法拉琴手的尸体，走近尸体，跪下。

弟奥根：基法拉琴手！你怎么了，基法拉琴手？（明白他已经死了）

传来正在走近的脚步声，随后又听到说话声。弟奥根站起来，不知怎的他的背立刻驼了。他在等待着。他的脸上露出无声的哀愁，仿佛是一位战败的天神。

监　狱

牢房，弟奥根坐在木板床上。阿里斯托德摩斯站在他的面前。

弟奥根：瞧，老头子，这不是吗，我执意追求的床铺已经有了！

阿里斯托德摩斯：如果你肯听从一个老年人的忠告，你就不会来到这里了。

弟奥根（不是为自己辩护，而仿佛是宣布一条哲学真理）：杀死他的不是我。

阿里斯托德摩斯：你在他身边。

弟奥根：当我走近的时候，他已经死了。

阿里斯托德摩斯：当他被人杀害的时候，你在哪里呢？

弟奥根：我不知道他是什么时候被人杀害的。

阿里斯托德摩斯：那么在这以前你在哪里呢？

弟奥根：在桶里。

阿里斯托德摩斯（毫无恶意地微笑）：在桶里吗？……你什么也没有听到？

弟奥根：我的耳朵完全被震聋了。这些人……

阿里斯托德摩斯：我知道你的供词。（把刀子拿给他看）你承认了，这是你的刀子。

弟奥根：我是用它来切肉的。

阿里斯托德摩斯：你吃东西的时候要用刀子吗？

弟奥根：我不是一个人，我是和另一个人共同进餐的。

阿里斯托德摩斯：和基法拉琴手吗？

弟奥根：和一位姑娘。

阿里斯托德摩斯：当发生这件事情的时候，姑娘在哪里呢？

弟奥根：跟着她的哥哥走了。

阿里斯托德摩斯：这么说，她也是什么都没看见了。

弟奥根：当然啦，她已经走了，当她的哥哥和这些家伙来的时候……

阿里斯托德摩斯（打断他）：世界上没有任何一条法律能够拯救你，使你免受惩罚，弟奥根。

弟奥根（镇静地）：我没有杀害他。

阿里斯托德摩斯：可惜，罪证和你作对。

弟奥根：这不是罪证。

阿里斯托德摩斯：人们在死者身边发现了你，后来又发现了你的刀子……对于法官来说，这已经绰绰有余了。

弟奥根（第一次失去自制）：是他们杀害了他！这些畜生什么罪都能犯。

阿里斯托德摩斯：你有什么能证明他们犯罪的证据吗？

弟奥根：他们到处追踪我。他们在折磨我，这些野兽！

阿里斯托德摩斯：弟奥根，对你这样一位哲学家，不应该由我来教导你：这不是对任何人进行指控的证据。你应该首先证明自己无罪，然后，如果有机会的话，再指控别人。你有证人吗？

弟奥根：我的良心。我不能杀人，我厌恶暴力，而且我为什么要杀死他呢？

阿里斯托德摩斯：如果你不想说明这一点，那么法官是会找得到解释的。

弟奥根：虚构一些谎话。

阿里斯托德摩斯：在查明事实以前，谎言也就是事实。正如在另一事实被揭露出来之前，事实也可能是谎言一样。

弟奥根：阿里斯提卜讲的课，你掌握得挺不错嘛。我的理智不接受这种哲学。

阿里斯托德摩斯：可惜，任何哲学在法律面前都无能为力。再说，你别忘了，作为一个伪造货币的人，一个被放逐的人，一个流浪汉，一个破坏社会秩序的罪魁祸首，你是不受法律保护的。从理论上讲，这样的人是能够犯罪的。

弟奥根（大声叫喊）：从理论上讲！

阿里斯托德摩斯（微笑）：而事实上也有证据。

弟奥根（跳起来，扑向阿里斯托德摩斯）：随便什么你们都能证明。

阿里斯托德摩斯（后退）：对你的话我并不提出异议。

弟奥根（急躁地）：你们就是这样对付苏格拉底的！

阿里斯托德摩斯：苏格拉底是犯了错误。雅典人承认了自己的错误，在法庭里摆上了苏格拉底的雕像。

弟奥根：为被你们杀害的人树立雕像，这既美妙而又感人！

阿里斯托德摩斯（对讽刺并不在意）：至于你嘛，无论如何也不会为你树立雕像的。

弟奥根：我也没有这样的妄想。我是一个谦虚的人。

阿里斯托德摩斯：你是个杀人凶手……

弟奥根（打断阿里斯托德摩斯）：你来干什么，阿里斯托德摩斯？

阿里斯托德摩斯：假定说吧，我想要救你。

弟奥根：假定说吧，我不想越狱逃跑。（怀着敌意望着他）苏格拉底也拒绝了。

阿里斯托德摩斯：你怎么能以为，我，一个维护法律的人，突然会建议你逃跑呢？

弟奥根：那么是什么呢？你要告诉他们真理吗？

阿里斯托德摩斯：对于法官们，唯一的真理是事实的真理。

弟奥根：这么说，你知道什么能救我的情况吗？

阿里斯托德摩斯：除了对你不利的证明，我不知道任何情况。

弟奥根：阿里斯托德摩斯，我已经不久于人世了。劳你驾，请你让我一个人待在这儿。我想在寂静中思考一下。

阿里斯托德摩斯：思考什么呢？

弟奥根：例如，人在多大程度上需要或不需要几何学、天文学、音乐……

阿里斯托德摩斯：一个人在临死以前想这个吗？

弟奥根：你不会以为我是在考虑死的问题吧？

阿里斯托德摩斯：不考虑死的人，就是希望活着。

弟奥根：我当然希望。

阿里斯托德摩斯：我能帮助你，弟奥根。

弟奥根：怎样帮助呢？

阿里斯托德摩斯：把你赎出来，出一笔相当可观，但对我的财产来说并不是太大的数目。法官可以把你释放出狱，让诉讼程序无限期地拖延下去。我的一句话和一百米那①就是保证。

弟奥根（怀有敌意地望着他）：你付出一百米那，只是为了看到我又成为一个自由的人，又在雅典流浪、乞讨，你能做这样的事吗？

---

① 米那：古希腊货币单位，一米那等于一百德拉马。

阿里斯托德摩斯（笑）：你怎么，把我当成傻瓜吗，弟奥根？你认为法官们也是这样天真吗？在我把你赎出来以后，他们会要求我对你今后的行为负责。你将要住在我那里，我将要照看着你，而你呢，可以说是处于执政官、一个最受尊敬的公民的监视之下……

弟奥根：就像一个奴隶……

阿里斯托德摩斯：哲学家不可能成为奴隶，更何况是一位名叫弟奥根的哲学家呢。

弟奥根（讽刺地）：你所做的一切都是为了我的利益。

阿里斯托德摩斯（冷淡地）：不，是为了我自己的利益。

弟奥根：那么你要求我以什么作为交换呢？

阿里斯托德摩斯：你的智慧。你将要和我以及我的儿子交谈，我听说你和我儿子挺熟……

弟奥根：你向我要求的太多了，阿里斯托德摩斯。

阿里斯托德摩斯：我提供的比要求的更多。你再想一想吧。过两天就要开庭了。如果你有什么话要对我说，就通知我一声，我一定会来的。

弟奥根：我改变了对你的看法，阿里斯托德摩斯，你根本不是傻瓜。你能不能实现我的一项请求呢？

阿里斯托德摩斯：如果我做得到的话。

弟奥根：你什么都做得到。我必须不惜任何代价和她见见面。我说的是那位姑娘。

阿里斯托德摩斯：她叫什么名字？

弟奥根：吉帕尔希娅。她有个哥哥叫美特罗科尔。此外，关于她的情况我什么也不知道。

阿里斯托德摩斯：我试试看带她到这儿来，弟奥根。（下）

弟奥根（神经质地在牢房中跑来跑去，后来停下来，跺着脚高声呼喊）：看守！喂，都聋了吗？

看守上。

我得写点儿东西。把我需要的一切都给我拿来。

看守：不行啊。可你想写什么呢？

弟奥根（不回答他）：你认为天文学对人有用吗？

看守（是个毫无知识的粗人）：这是个什么玩意儿？

弟奥根（对他不抱任何希望）：几何学你也没听说过吗？

看守：没有。

弟奥根：那么音乐会给人带来什么好处吗？

看守：如果演奏的人能得到钱，那么它就会带来好处。

弟奥根：不是说演奏的人，而是说听音乐的人。当你听音乐的时候，会感觉到自己更丰富吗？

看守（迟钝地）：更丰富？

弟奥根：在精神上。

看守：不，我什么感觉也没有。

弟奥根：难道音乐，这动人的和谐之音，不会迫使理智沉默不语，不会让人脱离周围正在发生的一切，不会使人产生错觉，觉得世界是完美的、和谐的，因而会得到安慰吗？几何学也是一样。它具有过于纯粹的非现实形式……然而世界不可能和这些完美的形式相似。至于说到天文学，那么它会带你离开大地，迫使你走完抵达群星以及群星之间的极大距离，尽量贬低你，把你变得微不足道，迫使你感觉到自己是那么渺小，无能为力，不再被人需要……

看守（轻轻地）：我什么都不懂。

弟奥根：我要把这一切都写下来。

看守：不准。

弟奥根：经常说"不准"的人，他就命中注定了要做奴隶，他、他的孩子，以及他孩子的孩子，直到人类消失的那一天为止。

看守：我是个自由人。

弟奥根：因为你在看守我吗？因为你站在栅栏的一边，而我站在另一边吗？我也可以认为你是囚犯，说我是个自由人。

看守：你听我说，弟奥根，旁人也曾试图用语言把我的头脑搞糊涂，可是毫无结果。瞧，我仍然活着，在这儿当差，可他们已经化为乌有了。

阿里斯托德摩斯和吉帕尔希娅上。

阿里斯托德摩斯：你看，弟奥根，也用不着寻找很久。这位姑娘从天一亮就在监狱旁等着了。

吉帕尔希娅（想寻找一个可以依靠的东西，一把抓住了阿里斯托德摩斯的手）：弟奥根，为什么这些人都仇恨你呢？

阿里斯托德摩斯：等一等！你们是希望当着我的面，还是当着看守的面谈话呢？你们不能单独待在一起。

弟奥根：当着看守的面。他连几何学都没听说过。

阿里斯托德摩斯懊丧地望望他，下。在弟奥根和吉帕尔希娅对话的全部时间里，看守一直默默不语，一动不动。

吉帕尔希娅（走近）：我知道你是无罪的。

弟奥根（竭力想使她摆脱紧张状态）：你怎么会知道我在这里的？

吉帕尔希娅：全城都在谈论。

弟奥根（嘴边露出有点儿虚荣的微笑）：雅典终于在谈论我了……

吉帕尔希娅（继续自己的想法）：我深信，不是你杀死他的。

弟奥根：我也这样深信，吉帕尔希娅，但对于法官来说，这不是证据。

吉帕尔希娅：我要作为证人提出证词。

弟奥根：你能说什么呢？

吉帕尔希娅：说一说你是怎样的人。

弟奥根：这会使我的处境更糟，如果可能有什么更坏的情况的话。

吉帕尔希娅：我要斗争，随便去哪里都行，我将不顾我自己的尊严，跪在法官们面前……

弟奥根：无论你做什么，吉帕尔希娅，都不能推翻罪证。

吉帕尔希娅：他们不可能有罪证。因为你没有杀死他。

弟奥根：他们有罪证。他们正好看到我在基法拉琴手的尸体旁边，而刀子是我的。

吉帕尔希娅：他们从哪里得知这是你的刀子呢？

弟奥根：从我这里。

吉帕尔希娅：你为什么要告诉他们呢？

弟奥根：我看得出来，你对我的无辜产生了怀疑。

吉帕尔希娅：我不怀疑，弟奥根。

弟奥根：那么你为什么请求我不要说实话呢？认为自己无罪的人不会隐瞒真情。

吉帕尔希娅：难道对这些撒谎的人值得你说实话吗？

弟奥根：真理只有一个——无论是对于恶人，还是善人，这是不以值不值得对他们说实话为转移的。

吉帕尔希娅：他们会判处你死刑。

弟奥根：这一点他们是办得到的。

吉帕尔希娅：告诉我，我该做什么？随便做什么都行，只要你能活着。

弟奥根：你该做什么吗？雅典打算毁掉我。我认为他们需要我……不是需要现实存在的这个我……而是作为我所代表的一个象征。然而人们宁愿要死了的象征。当国家想要让一个人死的时候，罪行就一定会发生。谁也不能预防这样的事情。

吉帕尔希娅：你为什么对我说，这是我们的最后一夜呢？你是怎么知道的？

弟奥根：我这一生中只有一次忽然产生了一个愚蠢的想法，而结果偏偏它是正确的。

吉帕尔希娅：不可能没有出路！

弟奥根：出路是有的。

吉帕尔希娅：什么出路？

弟奥根：成为一个如同奴隶一般的人。

吉帕尔希娅：这么说，你能活着呀！好极了！

弟奥根：作为一个奴隶，吉帕尔希娅。

吉帕尔希娅：有什么区别呢？奴隶弟奥根也将有一个女奴隶。

弟奥根：你可是希望能做一个自由的女人。

吉帕尔希娅：要是你死了，这还有什么意义呢？

弟奥根：如果我仍将活着，我就会用我还活着这一事实消灭我所创造的一切。

吉帕尔希娅：我恨死了的象征，活着的狗也比死了的象征好。

弟奥根：苏格拉底不会这样说。

吉帕尔希娅：苏格拉底是个傲慢的人。

弟奥根：你会奴颜婢膝地扑到他的脚边……

吉帕尔希娅：如果他活着的话，弟奥根！

弟奥根（改变话题）：你父亲怎么样了？

吉帕尔希娅：他病了，在说胡话。他认为他苦苦哀求还给我生命，他的哀求上达天庭，传到了诸神的耳中，波寒冬①听到了他的哭泣和呻吟，于是亲自从海底把我送回来，还给了他。

弟奥根：他很爱你。

吉帕尔希娅：爱的力量，我是从父亲那儿继承来的。

弟奥根：你回家去吧，吉帕尔希娅！

吉帕尔希娅（下定决心）：不！昨天我丢下你，就发生了不幸。不能再把你一个人丢下了。你应该活着。

弟奥根：如果我成了奴隶，我们就不能在一起了。

吉帕尔希娅：我知道。我将日益憔悴，直到变成一个妇人——变成一根干树枝。

传来鼓声。

看守：你该走了，小姑娘。法官们来了。

吉帕尔希娅（脸色陡变）：弟奥根，要是你死了的话，就在你死的那

---

① 波寒冬：古希腊神话中的海神。

196

一天，我也必死无疑。

看守抓住她的手，把她推向门口。吉帕尔希娅面色苍白，带着与世隔绝的神态向门口走去。她望着弟奥根，弟奥根脸上带着阴郁而不满意的神情，猛烈地搔他自己的大胡子。

幕间剧

弟奥根和他父亲，隔着狱中的栅栏。

父亲：我的孩子，我想，我们再也见不到了。如果不判处我死刑，我也会死在这里，死在监狱里。你需要到另一个城市，或者到另一个国家去……

弟奥根：别难过，父亲。我们还会见面的。

父亲：在哪里呢？

弟奥根：在那边。妈妈也在那儿等着我们，对吗？

父亲（微笑）：这我倒没有想过。（严肃地）我没有钱，也没有什么东西可以给你。其实，从另一方面来看，我所有的钱也都是假的。

弟奥根（快活地）：我要钱干吗呢？我要让这些疯子们看看，没有钱也能过活。

父亲：让他们看看嘛，你也许是能让他们看看的，可是你不能说服他们。人们是凶恶的。你贫穷而又孤单，他们会侮辱你、嘲笑你，迫使你受苦受难，直到你肯做他们要你去做的事，或者说他们要你说的话时为止。

弟奥根：也许，不是所有的人都是这样的吧？

父亲：你以为，哪怕能找得到一个和旁人不同的人吗？

197

弟奥根：我不知道。我将去找寻。

父亲：我是个普普通通的人，思想迟钝。可你总有点儿叫人难以理解，性情古怪，我经常为你担心。你很像你的母亲。

弟奥根：我很想认识她。

父亲：我也是。

弟奥根：难道你认识她吗？

父亲：即使她活到今天，我也不认为，我会了解她。连你我也不了解。你想做什么呢？

弟奥根：走。

父亲：到哪里去？

弟奥根：不知道。可能到雅典去。人们告诉我，那里有全世界最美的天空。

父亲：把我的斗篷拿去吧，我再也不需要它了。

弟奥根：我也是这么想。这儿既没有雨，也没有风。

父亲：很遗憾，我没有什么东西给你。我连一个铜子儿也没能积攒下。

弟奥根：你造假钱是出于对艺术的爱好吗？你如此辛勤，劳动终生，哪怕这对你能有点儿什么好处呢……

父亲：我深信，你再不会从事这种肮脏的职业了，虽然它是我教给你的唯一的手艺。

弟奥根：不单单是肮脏，更重要的是无益。金钱本来就给人带来灾难，为什么还要让它增加呢？

父亲：你从事什么工作呢？不错，你读遍了所有哲学家的著作，但除

198

此以外，你不会任何手艺。

弟奥根：我要去找人。

父亲：可是不能靠此谋生啊。

弟奥根：我将靠别人的施舍过活，靠那些不是我所寻找的人的施舍。

父亲：我可怜你，孩子。

弟奥根：你别担心，父亲。我将是第一个值得怜悯的人，而他永远也不会怜悯任何人！

父亲：你睡在哪里呢？

弟奥根：大地和天空不属于任何人。看守来了。我该走了。

父亲（语音哽塞）：好好地走吧，好儿子！

弟奥根（天真无邪地微笑）：好好地死吧，父亲！ （下）

父亲：噢，宙斯①呀！帮助他吧，让他一生始终冷漠无情！

在主人家里

阿里斯托德摩斯的家里。主人坐在安乐椅上打盹。激动不安的帕西丰上。

帕西丰：父亲，你在睡觉吗？

阿里斯托德摩斯睁开眼睛。

多么可怕呀！如果你不进行干涉，我的脚就再也不进这个卑鄙的家门！

———————————

① 宙斯：古希腊神话中最高的天神。

阿里斯托德摩斯（平静地，故意拖长声音慢慢地说）：帕西丰，孩子，在你倾泻你的愤怒之前，要先说明它的原因……

帕西丰（打断他）：现在不是时候……

阿里斯托德摩斯（提高声音接着说下去）：……不然的话，无论谁永远也不会理解你的心情。有一些人在说笑话之前，自己先笑得前仰后合，你也可能成为一个这样可笑的人。

帕西丰：就在你教导我做人的态度的时候，这个不幸的城市里正在酝酿着一件新的罪行。

阿里斯托德摩斯（平静地）：我什么也不知道，不过，如果你能稍微喘一口气，清理一下你的思绪，我希望，到那时我是能够了解某些情况的。

帕西丰：你还会不知道吗？你不是到监狱去过吗？

阿里斯托德摩斯（装作惊讶的样子）：你指的是弟奥根的案子吗？

帕西丰（激动地）：他是一个不同寻常的人。他才智卓越、思想大胆，你们却要把他判处死刑。

阿里斯托德摩斯（冷冷地）：你知道是为什么吗？

帕西丰：知道控告他犯了罪。这是卑鄙的伪造！

阿里斯托德摩斯：我们年纪比较大的人通常是先弄清事情的原委，然后才发表自己的意见。

帕西丰：现在所说的并不是随便什么意见，而是对一个人提出不公正的控告，而他将要无辜受害。

阿里斯托德摩斯：你有什么证据能证明你所说的话吗？

帕西丰：没有。我只知道，弟奥根不会犯罪。

阿里斯托德摩斯：你是客观地知道这一点呢，还是主观地认为如此？

帕西丰：既是客观地，又是主观地。

阿里斯托德摩斯：我想提醒你注意，司法只承认客观情况。你拥有什么客观证据，能证明杀人者不是他吗？

帕西丰（天真地）：第一，他没有任何理由要杀死自己的朋友。

阿里斯托德摩斯：只有神明知道，有多少人死在朋友、兄弟、父亲或儿子的手里……

帕西丰（以同样天真热情的语调）：第二，弟奥根反对暴力。他甚至从来没打过任何人，因此他更不会杀人了。我知道他的信念。

阿里斯托德摩斯：信念具有精神上的价值。在实践中只有行为是重要的。腓力·马其顿向全世界进行说教，要大家互相谅解，甚至和我们签订了条约，可是一有合适的机会，就来侵犯我们的国家。

帕西丰（气愤地）：我看不出两者之间有什么联系。

阿里斯托德摩斯：应该永远怀疑人们的言辞。

帕西丰：你怀疑人们的言辞，这很好。不然的话，在大地上生活就是不可能的了！我极其厌恶伪善。

阿里斯托德摩斯：这并不等于说伪善是不存在的。

帕西丰：我了解弟奥根，深信他不是伪君子。

阿里斯托德摩斯：难道你的信念足以拯救他，使他免于一死吗？

帕西丰：所以我才来找你。你应该保护他，人们听你的话。

阿里斯托德摩斯：我的话不如在死者身上找到的那把刀子锋利，而现在刀子掌握在法官们的手里。

帕西丰：他们怎么知道这是他的刀子呢？

阿里斯托德摩斯：这是弟奥根承认的。

帕西丰：他承认犯罪了吗？

阿里斯托德摩斯：没有。

帕西丰欢呼。

但这没有意义。

帕西丰：刀子是他的，这一事实也没有意义。只不过是杀人凶手使用了这把刀子而已。

阿里斯托德摩斯：是你把刀子借给凶手的吗？

帕西丰：可能是从他那儿偷去的。

阿里斯托德摩斯：弟奥根没有宣称失窃。

帕西丰：让我和他谈谈。帮帮忙，让我到监狱里去，以弄清事情的真相。

阿里斯托德摩斯：能够弄清的，我已经弄清了。你十分清楚，我痛恨不公正的事情。

帕西丰：你劝告我要怀疑人们的言辞，那么请允许我对你的话也表示怀疑。

阿里斯托德摩斯（并不见怪）：连父亲的话也要怀疑吗？

帕西丰：可我为什么要更加怀疑弟奥根的言辞呢？我要到他那里去！如果你不实现我的要求，我就召集青年们，一起到监狱去，要求释放弟奥根。

阿里斯托德摩斯：如果不释放他呢？

帕西丰：就破门强行冲进监狱。

阿里斯托德摩斯（微笑）：你说过，弟奥根是反对暴力的……

帕西丰：他反对，而不是我反对！

阿里斯托德摩斯：可能会有人牺牲。难道这不是犯罪吗？

帕西丰：我们是为了自由而犯罪。

阿里斯托德摩斯：难道为了自由而犯罪就不是犯罪了吗？

帕西丰：有一点是明显的——在我们之间有很大的区别。我们是站在不同的两岸上，阿里斯托德摩斯。如果我不立刻离开你的家，我们就要永远是敌人了。

阿里斯托德摩斯拍掌，一奴隶上。阿里斯托德摩斯做了个手势，奴隶下。

阿里斯托德摩斯：你将住在哪里呢？

帕西丰：住在桶里。

阿里斯托德摩斯（笑）：我不知道弟奥根是不是创立了一种哲学，但他创造了一种时髦的风尚——这是毫无疑问的。

帕西丰（生气地）：我看得出来，阿里斯托德摩斯，无论是弟奥根的命运，还是你亲儿子的命运，都不使你担心！

弟奥根穿着新衣上。

弟奥根：你叫我了吗，阿里斯托德摩斯？

帕西丰（大吃一惊）：弟奥根？我什么都不懂。你自由了吗？

弟奥根（模棱两可地微笑）：自由了吗？多亏你父亲的地位和他的势力，我被从狱中释放了。

帕西丰（冲动地吻阿里斯托德摩斯的手）：我不知道你心地这么善良，请原谅我！我这就跑去把这一新闻告诉我的朋友们。（下）

弟奥根：阿里斯托德摩斯，只是现在我才清清楚楚地理解了你的行为。你决定借助我的力量，让你的儿子回到你的身边。

阿里斯托德摩斯：这不好吗？

弟奥根：这很聪明。

阿里斯托德摩斯：你承认吧，弟奥根，这里比坟墓里暖和！

弟奥根：而且不愁衣食……（狂怒地）但如果衣食床铺都是用自由换来的呢？

阿里斯托德摩斯：为什么是用自由换来的，而不是用死亡换来的？

弟奥根（阴郁地）：不错……我不能忘了，你救了我的命，我不得不永远记住这一点。

阿里斯托德摩斯：我希望这将是美好的回忆。（站起来）我把你留在这儿，让你习惯于待在我的家里。（向门口走去，但立刻又返回来）你可别试图逃走——我的仆人们随时都在提防着。

弟奥根（气得发抖）：换句话说，我是个俘虏。

阿里斯托德摩斯：这是什么意思！（不由得皱起眉头）你让我花了一大笔钱，而我一向是那样竭力保护自己的财产。（下）

弟奥根：老狐狸！

我们熟识的那两个仆人上。

（极端厌恶地）你们还要干什么？

仆人一（奴颜婢膝地行礼）：我们听你使唤，弟奥根。

仆人二：命令我们实现你的一切愿望。

弟奥根：我唯一的愿望就是：告诉我是谁杀害了基法拉琴手？

仆人一：这个我们毫不知情。

弟奥根：你们是不知道、不想说，还是命令你们不要说呢？

仆人二：命令我们服从你的命令。

弟奥根（盛怒地）：那么我命令你们立刻滚开，别让我看见你们！

仆人们行礼，一句话也不说，下。帕西丰上。

帕西丰：你无法想象，弟奥根，我让朋友们多么高兴啊。弟奥根自由了的消息很快就要飞遍整个雅典城了。（坐到坐在安乐椅上的弟奥根脚边）

弟奥根：我却希望只让一个人知道我还活着。

帕西丰：那位姑娘……

弟奥根（点头）：我们好像一些瞎子，从耀眼夺目的我们的生活之光旁边走过，只是在陷入黑暗之中，这才注意到它。

帕西丰：你又看见它了……

弟奥根：难道你不明白，我的余生将要在你父亲的屋顶下度过吗？这样的条件。

帕西丰：可你不是奴隶，不是吗？

弟奥根：我的镣铐比奴隶的还要沉重。我的生命全靠阿里斯托德摩斯的恩惠。

帕西丰：我父亲心地善良、宽宏大量，你看到的……

弟奥根：唉，帕西丰，你是多么年轻、多么天真。（转到另一个话题）你想跟我学什么呢？

帕西丰：你十分清楚我想跟你学什么：要怎样做，才能成为一个自由的人。

弟奥根：这是我不能告诉你的唯一的事情。也许，在某一点上我严重失算了。我曾经认为，可以在人类社会之外生活，摆脱社会和它的法律，做一个自由的人，然而你看，原来我并不是一个太好的榜样。

帕西丰：因为你是只身一人。团结起来，我们就能实现我们所希望的一切了。

弟奥根：团结起来，我们就已经变成了人类社会，也就具有它的一切优点和缺点了。好朋友，自由既没有上，也没有下；既没有右，也没有左，它不需要任何旁的人。现在我深信，只要还有国家、城市、法律、军队……就不可能存在自由。

帕西丰：我们消灭它们！

弟奥根：这一切都是由人创造出来的。他们会把它们重新创造出来。

帕西丰：我们不允许他们这样做。

弟奥根：用什么方法呢？

帕西丰：用暴力。

弟奥根：用暴力？你们用它来反对谁呢？反对给了你生命、救了我性命的阿里斯托德摩斯吗？不管这涉及谁，归根结底都会涉及我们自己。用在自己周围创造一个真空的办法，无法实现我所设想的情况。

帕西丰：怎样才能实现呢？

弟奥根：只有在周围已经存在真空的情况下。

帕西丰：于是我们将安于已经存在的现状吗？

弟奥根：会出现奴役的新形式，它们要复杂得多，也隐蔽得多。人们不是被锁链，而是被一种又细又结实，几乎看不见的丝线锁在社会上。

帕西丰：难道这一切都是哲学家弟奥根说的吗？

弟奥根：是的，是哲学家。因为人已经死在桶里，却在宫殿里复活了。

帕西丰：你放弃关于自由的思想了吗？

弟奥根：关于自由的思想，在我看来现在已经是另一种样子了。

帕西丰：另一种样子？

弟奥根：在爱之中。

帕西丰：你将爱迄今为止你所痛恨的一切吗？

弟奥根：我将爱迄今为止我不爱、不会爱，要么是不能爱，或者甚至是不想爱的一切……我将要爱人们，虽然他们并不值得我爱。

帕西丰：爱所有的人吗？

弟奥根：如果我爱海，我也就会爱聚集在海洋中的生物，不是吗？

帕西丰：但如果我们爱他们，我们还会是自由的吗？

弟奥根：不知道。为此，仇恨和蔑视，自尊和嫉妒，恐惧和高傲，这一切都应该消失。

帕西丰（深感惊异）：你听我说，弟奥根，如果这一切都消失了，就像按照神的意志那样，那么你认为，会有那么一天早上，一觉醒来，我们都变得纯洁无瑕，洗净一切肮脏的感情，只会爱和被爱了吗？

弟奥根（哈哈大笑）：你是说一天早上吗？也许，这会像是早上，如果太阳仍然东升西落的话。但这要过一千年、两千年甚至一万年，等到厌倦战争，终于懂得无论是仍然做奴隶，还是成为主人，都不可能自由；等到他们发现，分享自己的财富要比互相争夺财产简单，发现爱的一瞬间要比战争一年更为宝贵。只有在那时候，这一切才会发生。

帕西丰：你怎么了？就在昨天你讲的还完全相反。

弟奥根：我是和爱以及死囚手携着手，齐心协力从昨天走到今天的。

帕西丰：于是现在你的想法就和以前一样了。

弟奥根：哲学就是探索。现在我是按另一种方式进行探索。

阿里斯托德摩斯上。

阿里斯托德摩斯：好像你们彼此已经很理解了。

帕西丰：恰恰相反，我们彼此完全不能理解了。

阿里斯托德摩斯：我很高兴，弟奥根更加明哲了。

帕西丰（转身对父亲）：你怎么知道呢？

阿里斯托德摩斯：既然你说你们彼此互不理解，所以我得出结论：弟奥根的哲学已经不再适合于你的危险思想了。（微笑）我从刽子手那里赎出弟奥根，是做了一笔出色的交易。别难过，孩子，最终你们是会互相理解的。

弟奥根（狡狯地）：我能不能利用你们认为我具有的那种魅力和信念的力量呢？

阿里斯托德摩斯肯定地点点头。

这样的话，我希望再也不会在这儿看到这两个丑恶的嘴脸！

阿里斯托德摩斯：我认为，你将很高兴指使这两个微不足道的奴隶！

弟奥根：我怀疑，基法拉琴手是被他们杀害的。

阿里斯托德摩斯：聪明人的怀疑，对我来说就是证据。你再不会看到他们了……（犹豫地）或者是仅仅再看到一次。（下）

帕西丰：这是些下贱的畜生、贼和杀人犯。阿里斯托德摩斯是从监狱里把他们弄出来的，为了让他们替他效劳，他花费了很多钱。

弟奥根（微笑）：就像我一样。

帕西丰：你不是杀人犯。他迫使他们去干一些最肮脏的勾当。

弟奥根：例如在全城追捕我，到处驱赶我。

帕西丰：你知道吗，做这种事情，他们是很高兴的。他们凶残成性，什么也不爱，杀人不眨眼。（痛苦地）就连这样的人，你也要引导他们走上爱的道路吗？你打算和这样的人一起获得自由吗？

弟奥根（没有听帕西丰的话，有一个想法使他心情激动）：你认为他们会杀害基法拉琴手吗？

帕西丰：毋庸置疑。

弟奥根：为了什么呢？

帕西丰：他们不需要理由。他们天生是犯罪的人。

弟奥根（激动地）：我对你有一个请求，好朋友。跑去转告你的父亲，说我想告诉他一件事情。马上就去！立刻！赶快！可能已经太迟了。

帕西丰莫明其妙地耸耸肩，下。弟奥根陷入沉思，像通常在类似的情况下那样，猛烈地搔自己的大胡子。他激动不安地在屋里跑来跑去，想要出去，随后又站住，犹豫不决地走了回来。终于，阿里斯托德摩斯和帕西丰上。

出什么事了，阿里斯托德摩斯，你为什么不作声呢？

阿里斯托德摩斯（轻轻地把弟奥根推到窗前）：你看！

弟奥根（看了一秒钟，随后声音嘶哑地）：为了什么？

帕西丰：杀人凶手理应处死。

弟奥根：不经审讯吗？

阿里斯托德摩斯：他们是属于我的。我从绞刑架上救了他们的性命，所以我也要吊死他们。

弟奥根：这是什么法律呢？

帕西丰：最公正的：杀人偿命。

弟奥根（突然用一种老年人的声音）：如果不是他们杀死他的呢？

帕西丰：为了这些坏蛋所做的一切，应该吊死他们，而且不止吊死一次。

弟奥根（受良心折磨）：如果他不是被他们杀死的呢？

帕西丰（深信不疑地）：他是被他们杀死的！弟奥根，对你的指控已经撤销了。

阿里斯托德摩斯（狡狯地微笑着，对帕西丰）：你怎么会忽然产生这样的想法呢，好儿子？我吊死他们，是因为正当他们试图偷走我的金戒指时，我把他们当场拿获了。就是这么回事！（把戒指拿给他们看）难道你认为我能仅仅根据怀疑就会惩罚任何一个人吗……

帕西丰和弟奥根惊愕地望着他。

逃　走

从弟奥根住到阿里斯托德摩斯家中以后，过了若干年。主人本人已经年迈，但仍相当美，这是一个懂得怎样保养身体、保持精神愉快的人。弟奥根和帕西丰都已成为壮年。

阿里斯托德摩斯和帕西丰正在像两个老朋友一样交谈。

阿里斯托德摩斯：这么说，克塞尼阿德老头儿已经离开了我们……

帕西丰：他还不是那么老。

阿里斯托德摩斯（惊恐地，或许是怀着老年人的迷信心理）：啊，比我老多了。再说他还有病，可怜的人。

帕西丰（不了解父亲软弱无力，而且是徒劳的自卫）：他也不过比你大两三岁。有病吗？你是根据什么断定的呢？直到临死，他都没有卧床不起。

阿里斯托德摩斯（仿佛是自言自语）：你在说蠢话，好朋友。（从安乐椅上站起来，沉重地叹一口气）

帕西丰（不安地）：父亲，你哪里痛吗？

阿里斯托德摩斯：我吩咐过这些笨蛋，叫他们在安乐椅上放上垫子！我坐在椅子里，屁股上都磨出老茧来了。

帕西丰：你从来也没抱怨过，而且你不是根本就受不了垫子吗？

阿里斯托德摩斯（同样的语气）：我一直反复对他们这样说，可是这个家里谁也不听我的。（打算走了）最近这段时间里，执政官的职务对我来说是不是太劳累了，你认为呢？

帕西丰：我不懂。

阿里斯托德摩斯：我指的是，我该休息了，该去继续写我的关于雅典法律的笔记了。

帕西丰：你想辞职吗？

阿里斯托德摩斯：我将毫无遗憾地辞职，但是谁能卸去我肩上的这副重担呢？

帕西丰：如果找不到另一个更合适的人，我能担此重任。

阿里斯托德摩斯（满意地）：我以为你厌恶官职。

帕西丰：一般说来是这样。但与其让它落到一个笨蛋手里……

阿里斯托德摩斯：你的决定让我高兴，帕西丰。它证明你有严肃的态度、贤明的智慧。

弟奥根上。

你和他商量一下吧。如果弟奥根支持你，那就是说，这一决定是上天

赐予你的。（尽管年迈，腰板仍然挺得笔直，下）

帕西丰：你听到我和老头儿的谈话了吗？

弟奥根：我没有偷听主人谈话的习惯。

帕西丰：别开玩笑了！你知道，我们是你的朋友，不是主人。如果有什么事情是你不喜欢的，请你告诉我，我希望让你觉得，你在这个家里就像我的亲兄弟一般。

弟奥根：如果我能有什么不喜欢的事情，那就是这里给予我的过分的关注，就是你和你父亲对我的过分的爱。可我还是觉得在这里是个外人……

帕西丰：你不是外人，你是我们最亲近的人。如果我们的爱和友谊的证据还缺乏足够的说服力，这对我们来说是有失面子的事。这就是说，我们并未正确地评价你的功绩。

弟奥根：这些怀疑有什么意思呢，帕西丰？无论何时何地，我都没有受到过你们家里对我这样的尊敬。我只能终生对你们怀着感激的心情，而且我的生命也是阿里斯托德摩斯恩赐的。

帕西丰：我父亲为你所做的一切，你已经早就还清了。现在是我们应该感谢你。如果说我成了现在这样的一个人，如果说我比以前聪明了些，这只能归功于你。

弟奥根（笑得喘不过气来）：我们是不是发疯了，为什么我们只是在互相恭维呢？怎么，难道我们是在签订和平条约吗？

帕西丰（也乐了）：我们面对的情况，是必须做出决定，但没有你的忠告，我却不愿意这么做。

弟奥根：你要结婚了吗？

帕西丰：我在考虑接替父亲担任执政官的职务。

弟奥根（颤抖）：你吗？

帕西丰：如果你认为我不合适，就请直言。如果知道弟奥根反对这样的决定，我将高高兴兴地放弃这个想法。

弟奥根（眼里流露出轻微的忧郁神情）：恰恰相反，帕西丰，我认为你是最合适的人选，最适宜担任这一职位。智慧、正义感、热爱真理、正直、勇敢、渴望自由——这些品质很少能集中在一个人的身上。而这一切你都绰绰有余。

帕西丰：好像你还是对我的决定并不高兴。

弟奥根：我高兴，但在某种程度上，这好像又使我感到忧郁。很难向你说清。

帕西丰：弟奥根，如果你认为在我的意图中有一点点不良的动机，请你向我泼一盆冷水，让我清醒清醒，给我当头一棒，粉碎我的迷梦，不要让我像一个白痴，错走一步，以后会悔之莫及。

弟奥根：问题并不是什么不良的动机。只不过我感觉到……该怎么说呢……就是说你和我……有点儿老了……

帕西丰（一把抓住他，摇撼他）：你为什么不直截了当地说，我不能胜任这个职务呢？

弟奥根（平静地）：正因为你胜任，所以感到忧郁。你要知道，迄今为止我从未想过，会有这样的时机……你和我会成为合适的人选，去完成什么事业……

帕西丰（不放开他）：你认为在这种情况下，我将不得不放弃自己的信念吗？

弟奥根：你不是要放弃它们，而是要在自己的岗位上应用它们。

帕西丰：这不好吗？

沉默。

你说啊！

弟奥根：对于事业来说是好的，对于你来说——我不知道。（推开他的手）

帕西丰：我不相信你不知道！你为什么对我不真诚呢？

弟奥根：你要知道……当你迫使思想为什么人，或者是为什么事情效劳的时候，思想本身就不再属于你了，它正在失去什么，也许是失去它最重要的本质，失去它本身存在的意义。思想和你再没有任何共同之处，它正渐渐变得像那个它为之效劳的人，或者是像那个它为之效劳的职务。

帕西丰：你曾经使我相信，不能为了自己的心灵、为了自己的智慧，把思想保存起来。你说，思想应该属于人们，应该为他们带来益处；思想应该像雨水一样洒下来，灌溉大地。

弟奥根：是的，我曾经使你相信，是这样的。

帕西丰：所以我就要这样行事。事情也定会如此。

弟奥根：唔，那么这很好。

帕西丰：你在骗我，好朋友。你感觉到，要么是知道，这并不好。

弟奥根（苦恼地）：我不知道，请相信我。而我所感觉到的，可能是靠不住的。

帕西丰：我能猜得出，你感觉到的是什么……你怕我会发生变化，怕我担任了父亲的职位，会变得像他一样。你忘了，是人为职位增光！

弟奥根（友好地用拳头捶他的肚子）：最好还是继续昨天的谈话，谈谈音乐吧。

帕西丰（痛苦地）：那么，你是不同意了。

弟奥根：那么，我完全同意。

帕西丰：我不会让你失望的，弟奥根，我答应你。

弟奥根：这我相信，帕西丰。

帕西丰（拥抱弟奥根）：我这就去告诉阿里斯托德摩斯，他的权力已经结束了。我们，弟奥根，将要由我们来统治雅典，我们要为明天的自由做好准备。我们要制订新的法律，与一切国家和平共处，我们要释放奴隶，叫人们向哲学家学习应该怎样生活、怎样思想、怎样感觉。弟奥根万岁！（跑下）

弟奥根久久注视着他的背影，然后拍了拍手。一奴隶上。

奴隶：请吩咐吧，弟奥根！

弟奥根：拿斗篷、手杖和讨饭袋来，快！要那件旧斗篷！

奴隶下，回来时拿着弟奥根的父亲给他的那件旧斗篷，以及手杖和讨饭袋。

（披上斗篷）告诉帕西丰，他任执政官的第一道命令已经执行了。（把讨饭袋搭在肩上，拿起手杖，下）

奴隶在原地呆立不动，什么也不明白。阿里斯托德摩斯和帕西丰上。

阿里斯托德摩斯：弟奥根赞成你的决定，对此我感到高兴。这是你深明事理最好的证据。

帕西丰：他同意的时候并不是特别高兴，不过是真心诚意地。

阿里斯托德摩斯（对奴隶）：你去叫弟奥根来！我想和他分享快乐。去拿酒来。

奴隶（对帕西丰）：主人，弟奥根命令我转告你：你任执政官的第一道命令已经执行了。

帕西丰（惊讶地）：什么命令？弟奥根又在开玩笑了……执行给你的命令：去叫我的朋友来，而且拿酒来。

奴隶：弟奥根命令我给他拿旧斗篷、讨饭袋和手杖来。

阿里斯托德摩斯：好的，好的……你去叫他来！

奴隶：他走了。

阿里斯托德摩斯（觉得有伤尊严）：怎么？立刻去带他回来。你就说我请他……不，我命令他回来！

奴隶向门口走去。

帕西丰：站住！

奴隶站住。

别打搅他了！

阿里斯托德摩斯：你别忘了，好儿子，弟奥根是属于我们的，他已经终生和我们结合在一起了。

帕西丰（忧愁地）：父亲，你不可能不懂得弟奥根是为什么走的……我已经开始懂了。他住在我们这儿的这些年里，始终抱有一个幻想：成为一个自由的人。现在，他认为他可以自由了。

阿里斯托德摩斯：可是我待他就像对自己的亲儿子一样，你就是他的兄弟。他什么都有了，房子、衣服、食物、温暖、友谊、爱……

帕西丰：什么都有，只除了一样——自由。

阿里斯托德摩斯：他是自由的，随便什么他都能做，我甚至没有派人看守着他。

帕西丰：你不理解，父亲。弟奥根要的是另一种自由。

阿里斯托德摩斯：如果不叫他回来，你会后悔的。

帕西丰：既然弟奥根决定了，这就是说，对他来说，这样要好一些。

阿里斯托德摩斯：他是你的朋友哇。正当你需要他的忠告的时候，不能让他恰恰在这个时候走。

帕西丰：我自己更清楚应该怎么办。如果没有弟奥根，我自己不能把一切做好，那就是说，我不胜任你委托给我的工作。可能，他也明白这一点。

阿里斯托德摩斯：帕西丰，听一听我这个老人的劝告：叫弟奥根回来吧。

帕西丰（坚决地）：父亲，请不要认为我不听你的劝告。不过说到弟奥根嘛，我更知道该怎样做。

阿里斯托德摩斯：你别忘了，我可以下命令。

帕西丰：你别忘了，从今天起，下命令的是我。

两人坦率地互相望着对方的眼睛，并无仇恨的意思，眼神流露出充分理解的神情，但仿佛有一个奇怪的影子在他们中间徘徊。弟奥根的影子。

争执与和解（1）

和开始时一样的雅典的一条街道。弟奥根披着他父亲的旧斗篷，肩上搭着讨饭袋，站到老人门前，用手杖敲门。无人应门。又敲，敲得更响。传来狗吠声。从隔壁邻居家出来一个妇人，从前他曾经向她求宿，而她由于天真，竟提议和他结婚。

妇人：即使你有赫拉克勒斯①的大头棒，你也叫不醒他。别再像个疯子似的敲了，你把狗都惹恼了。

弟奥根：我欠老人一块烤肉和一块黑面包，不过从那时起已经过了很多年了。

妇人：你是来还债的吗？

弟奥根：不，我又来有求于他。

妇人：肉已经变成骨头，骨头又变成了灰。老人早已死了，弟奥根。

弟奥根：这么说，你还记得我……

妇人：你以为，打从那时候起，这儿来过很多弟奥根吗？

弟奥根：只怕一个也没有。

妇人：你要找一张床铺，是只住一宿呢，还是要住一辈子？

弟奥根：难道你还没出嫁吗？

妇人：你又不要我。

弟奥根：可能，我会改变主意。

妇人：什么时候呢？

弟奥根：当我深信迄今为止我都想错了的时候。

妇人：我永远也不嫁给像你这样的哲学家。

弟奥根：像我这样的？

妇人：犹豫不决的。

弟奥根：你什么时候见过坚决果断的哲学家吗？

妇人：一般说来，我什么样的哲学家也没见过。我只见过你，对我来

_____

① 赫拉克勒斯：古希腊神话和传说中最伟大的英雄。

218

说，这已经足够了。

弟奥根：你是第一个人，对他来说，一个哲学家就足够了。

妇人：你还没有回答我的问题，你要不要这张床铺。吃的东西，我可是什么也没有。

弟奥根：你想叫我立刻回答吗？请稍等一等。

妇人：我已经等了好多年。我已经老了。

弟奥根：不对！你还是那么漂亮。

妇人：我说的是老了，而不是丑了。

弟奥根：你还在做噩梦吗？

妇人：全部是噩梦。为了能做个美梦，我情愿把一切都献出去。（把门大大地敞开）进来吗？

弟奥根：你的床能给我住几宿呢？

妇人：住一辈子。

弟奥根：我受不了过于慷慨的人。你知道，为什么你们喜欢如果要给的话，就给一辈子吗？因为你们如果要拿的话，也是拿一辈子。

妇人：如果你能说：这张床你给我住一辈子，还有什么能比这更美的呢……我把我的一生都给你……

弟奥根：如果你能说：我给你这张床，只要你需要，就可以住下去……我把我的生命给你，你需要多久都可以……那样就更美了。

妇人：你考虑问题像一个性情凶恶、疑心重重、疲惫不堪的人。

弟奥根：我考虑问题像一个他知道可以改变主意的人。

妇人：你天生是一个反复无常的人吗？

弟奥根：不。我天生是一个诚实的人。

妇人：你说说看，弟奥根，我们是需要诚实呢，还是需要无法实现的希望、甜蜜的梦境和空想？

弟奥根：你们需要真理。恶产生于谎言，产生于软弱，产生于无知或害怕说出真理。

妇人：你说谎！只有真理才会产生恶！当你对我说"你漂亮"的时候，你是在欺骗我，因为你心地善良，因为你知道，谎言比真理亲切、温和，也更中听。

弟奥根（慌乱）：我没有骗你。

妇人：不，你骗了，你骗了。我过的那种叫人无法忍受的愚蠢生活教会了我怎样分辨谎言和真理。你进来吗？

弟奥根：我还有点儿旁的事情要做，以后我会回来的。

妇人：现在你也是在说谎。我知道，你永远不会回来了。

弟奥根：我为什么要骗你呢？

妇人：出于好心。好心会产生谎言！

弟奥根（责备地摇摇头）：多么可怕的胡说八道哇！"好心会产生谎言！"可怜的穷人，回屋里去，等着我吧。如果我不回来，那就是说，你说对了。

妇人轻蔑地望了他一眼，进屋。弟奥根继续走他的路。阿里斯托德摩斯的奴隶追上了他。

奴隶：弟奥根，我必须把我的主人帕西丰的话转告你。

弟奥根：新上任的执政官叫我回到宫殿里去吗？要么，可能是禁止我敲人的房门，禁止我吃饭、睡觉吧？要么，也许是他颁布了一条法律，要和行乞进行斗争吧？

奴隶：我的主人给你送来了这个，好让你用不着行乞。

弟奥根：我没有向他要钱。

奴隶：帕西丰知道，自尊心不允许你回去向他要钱。

弟奥根：你的主人开始理解我了。（接钱）他没有给我送张床来吗？

奴隶（耸耸肩）：只有这个。他还吩咐我说点儿什么。（高声大喊）弟奥根万岁！

弟奥根纵声大笑。奴隶毫无表情地望着他，随后悄悄地下。弟奥根回到妇人房前，敲门。妇人上。

妇人（惊讶地）：这么说，你还是回来了。你没有骗我……

弟奥根（把得到的钱递给她）：拿着吧！不是吗，你也没有任何吃的东西。

妇人：莫非老人复活了吗？

弟奥根默默不语。

进来吗？

弟奥根：我自己的事情还没有办完。

妇人：这么说，你还是欺骗了我。

弟奥根：不。因为我回来了。真理就是谎言，而谎言也就是真理。苏格拉底的笑话……（走开）

妇人懊丧地朝他的背影啐了一口。

幕间剧

弟奥根赤膊坐在沙滩上晒太阳。亚历山大，第一位全世界的保护人，

221

不久前才获得伟大的亚历山大大帝的称号。他深知自己的地位优越、伟大，走近弟奥根——关于他流传着令人惊异的传说——据说他住在一个有哈喇味的油桶里。亚历山大是一位传奇式的几乎是神话中的人物，是古希腊谦逊和希望的化身。

亚历山大（在弟奥根背后站住）：喂，公民，你为什么坐在我的路上？我是亚历山大，伟大的皇帝。

弟奥根（头也不回）：而我是狗——弟奥根。

亚历山大：弟奥根？我听到过你的名字，而且很器重你。

弟奥根：我也听到过你的名字。不过我不器重你。

亚历山大：你太没有礼貌了，弟奥根。

弟奥根（只是这会儿才冷笑着看了看他）：怎么？你好像说过，你是器重我的。

亚历山大：我看得出，你不怕我。

弟奥根：你是个善良的人呢，还是个凶恶的人？

亚历山大：假定说是个善良的人吧。

弟奥根：谁会怕善良的人呢？

亚历山大（看到弟奥根扭过脸去，于是绕过他的身边，站在他的面前）：你很高兴晒太阳啊，弟奥根。

弟奥根：可你，亚历山大，就不能这样。你太忙于杀人了。

亚历山大：我不是杀人，而是征服，征服男人。

弟奥根：男人是被我征服的，用智慧的力量。你征服的是奴隶。

亚历山大：你的轻蔑是不会触犯我的，老人家。不能以高傲的目光来对待我，因为我站得太高了。

弟奥根（预言似的）：有朝一日，你也会落在下边，落到我的身边。到那时你既感觉不到人们的蔑视，也感觉不到人们的崇拜，而只会感觉到夜间的严寒。

大家都知道，这时候弟奥根已经八十多岁了，而亚历山大才三十三岁的样子，但他们是在同一天去世的。

亚历山大：你在胡说些什么呀，老人家？你喝醉了吗？

弟奥根：没有。年轻人，和你不同，我只喝浑浊无味的饮料。我想提醒你注意，你应该感觉到我的蔑视，并为此感到高兴。这好比是一个征兆，证明你还活着。

亚历山大：战士没有时间去考虑死亡。

弟奥根：这一点我当真是羡慕你。世界上最美的事就是活着，而没有时间去考虑死亡。

亚历山大：你愿意让我把你带去，做我的侍从吗？

弟奥根：我不是战士。

亚历山大：可你是一位哲学家。黄金似的头和钢铁般的手待在一起，还有什么能比这更好的呢？

弟奥根（快活地眨眨眼）：不错，钢铁般的手可以有一次机会砍掉黄金似的头。

亚历山大（继续他的语言游戏）：你有一颗黄金似的头，就是为了让人不能砍掉它吗？

弟奥根（继续语言游戏）：亚历山大，我不想成为第一个这样的人：敢于以自己的性命来体验一下钢铁对于黄金的优越性。

亚历山大（已经是严肃地）：我砍过不少人的头，但从来不会觊觎我

223

朋友的头。

弟奥根：好家伙，这么说，我们已经是朋友了。

亚历山大：我们是可能成为朋友的。

弟奥根：为什么你们都想成为我的朋友呢？难道我像一个能做人朋友的人吗？

亚历山大：我很想让你做我的一个顾问。

弟奥根：让我在你想用午餐的时候才吃午饭，在你想用晚餐的时候才吃晚饭吗？不，谢谢你。我宁愿在我想吃的时候，肚皮对着太阳，仰面而卧，吃我的甜菜根。

亚历山大：请你让我为你做一点儿事情，随便什么事都行。

弟奥根：请稍站过去一点儿，你遮住了我的太阳。

亚历山大（往一旁走过去一些）：很高兴为你效劳。（停顿）嘲笑你的人太多了，弟奥根。

弟奥根：这关我什么事呢？如果他们嘲笑你，你会当场杀死他们。只有自由的人敢于不理会别人的嘲笑。

亚历山大：自由的人？在我脚边的这个世界上吗？

弟奥根：可以认为，我是躺在你的脚边，因为现在我正好伸开四肢，躺在沙滩上，躺在庄严、美丽，犹如天神一般的亚历山大面前。但如果你想继续走路的话，你会怎么办呢？是踩在我的身上呢，还是绕过去？

亚历山大：当然是绕过去。

弟奥根：你看，对你的在场，我能够不予理会，而你，尽管你是皇帝，又是征服了世界的人，却要注意到我，即使这是因为：如果你要继续走路，就不得不从我身旁绕过去。

亚历山大（气愤地）：为了不致弄脏鞋子，要么是为了脚不致脱骱。

弟奥根（天真地）：要么是为了脚不致脱骱。

亚历山大：难道你喜欢在贫困中苟延残喘吗？

弟奥根：你把这叫作贫困吗？沙滩是我的，太阳是我的，空气是我的。谁也不能从我这儿把它们夺走。而你所统治的广阔的土地，任何人都可以从你手里把它夺去。

亚历山大：我所有的一切，都是被我征服的。

弟奥根：如果一切都可以得到现成的，那么花费力气就是伟大的功劳了。

亚历山大：在你看来，建立在人的怜悯基础上的生活是令人羡慕的吗？

弟奥根：而在你看来，建立在人的恐惧基础上的生活是令人羡慕的吗？

亚历山大：尊敬总是伴随着恐惧。

弟奥根：还有仇恨。

亚历山大：可能。而怜悯的永久伴侣却是蔑视。

弟奥根：请相信我，蔑视胜似仇恨，但蔑视不会杀人。

亚历山大：如果你跟我去的话，人类迟早将会知道，弟奥根曾经待在伟大的亚历山大身边。

弟奥根：犹如蘑菇生长在橡树旁边。

亚历山大：有朝一日你死了，谁也不会知道你是谁……是在什么时候、怎样死的。

弟奥根：他们将会知道，我曾经戏弄过伟大的亚历山大，而且是像一条狗一样死去的，比古往今来所有皇帝当中最伟大的皇帝早死几天、几个月或几年，或者是比他晚死几天、几个月或几年。不过也可能是和他死在同一天。

亚历山大（这个想法使他觉得好笑）：结果你的名字还是要和我的名字联系在一起呀。

弟奥根（这也使他觉得好笑）：在我死后，我的名字甚至可以和一只青蛙联系在一起。这有什么区别呢？现在我自由自在，不受世界的约束，不受亚历山大的约束，也不受生和死的约束。

亚历山大：如果我命令士兵们把你捆起来，让你变成他们君主的奴隶，你就要失去自由了。

弟奥根：自由并不在手和脚里面。

亚历山大：如果我命令他们杀掉你呢？

弟奥根：噢，只有在那时候我才是自由的！

亚历山大：看来，没有什么事情会使你感到不安。

弟奥根：为什么你愁眉不展呢？是因为有很多事情使你感到不安吗？

亚历山大（在短暂的停顿之后）：因为我必须为许多事情焦虑不安。

弟奥根：可怜，你呀，真可怜哪！（站起来）在全世界这一切尘土滚滚的道路上，你得肩负起多少忧虑、多少不幸，多么沉重的负担！我可怜你，亚历山大！

亚历山大（坐在沙滩上）：我自己也可怜自己，弟奥根。（几乎是怀着儿子般的柔情望着哲学家）如果我不是亚历山大的话，你知道我想成为什么人吗？

弟奥根：什么人呢？

亚历山大：弟奥根。

争执与和解（2）

弟奥根和帕西丰在作为宇宙的桶边。

弟奥根：你来做什么？

帕西丰：为了看看我的朋友。

弟奥根：你亲自到场，是要提醒我记住你的恩惠，记住我是你的债务人吗？也可能，是想要剥夺我的住处吧？

帕西丰（惊愕地望着他，后来勃然大怒）：弟奥根，你真是一头猪！

弟奥根（欣喜若狂）：终于有一个人不是以悲天悯人的态度来对待我了！好，帕西丰，真是个绝好的词！我是一头猪，如果我不知道我首先是一条狗的话，我将为我作为一头猪而感到自豪。阿里斯托德摩斯老头儿好吗？

帕西丰：他想念你。

弟奥根：我想也是这样。缺乏他慷慨施舍的对象，他是会感到寂寞的。每次我一想到阿里斯托德摩斯的宽宏大量，我就会不寒而栗。这是一种被我疏忽了的、我不熟悉，而且总是会使我感到心绪不宁的东西。

帕西丰：你怀疑他是伪善吗？

弟奥根：我怀疑他太聪明了。他属于这样一种人，对于这样的人，可以说：他们要么是太好，要么就是太坏了。

帕西丰：你认为他不重视你吗？

弟奥根：恰恰相反，他太重视我了。如果你重视一个人，而且你又足够聪明的话，那么你就会不择手段，以达到自己的目的，把他掌握在自己手里，而不致失去他。

帕西丰：我不懂。

弟奥根：我自己也不明白自己的意思。然而我有时自己在问自己：如果阿里斯托德摩斯事先不知道是那个两个坏蛋杀死了基法拉琴手，他会吊死他们吗？……

帕西丰：可能他是知道的。他们总是要把他们所做的事情全部告诉他。

弟奥根：那么阿里斯托德摩斯会怎么办呢？如果我拒绝这笔交易的话，他会让法官们判处我死刑吗？

帕西丰：阿里斯托德摩斯是一个守旧的、虚荣心很强的人，但他不是一个败类。

弟奥根：可他还是迫使我相信，死亡在等待着我，而这只不过是为了把我弄到你们家里去。

帕西丰：你曾经住在我们那里，对此你感到后悔吗？你想想看，不管怎么说，我毕竟是你的一个创作。

弟奥根：可能，你当真是我创造的，但我却失去了另一个人。（明白继续谈论这个话题毫无意义）你的事情怎么样了？

帕西丰：我试图从根本上改变法律和应用法律的方式。

弟奥根：一开始应该先从叶、枝、干做起，然后再去治根……

帕西丰（急躁地）：应该整顿城市里的秩序，弟奥根。你认为，为什么我们这儿像个过堂院呢？因为我们再也不知道实际上我们是一些什么人了。我们丧失了运用武器和劳动工具的习惯，丧失了这个国家的公民的自豪感。应当首先消灭寄生虫!

弟奥根:你想消灭他们,于是要先从我开刀吗?

帕西丰:弟奥根,别开玩笑了!社会非常需要像你这样的人,青年一代会向你学会善良、尊重事实、人道主义、自由。

弟奥根:糊涂虫!你恰好是选中了我来做雅典复兴的预言者吗?你想让我把雅典人召集到自己周围,像疯子狄摩西尼那样,向他们灌输有益的言辞吗?你给我滚开这儿吧,趁我还没有用石头来赶你!

帕西丰(毫不理会弟奥根的威胁):你用不着去召集人们,他们会自己来听你的教诲。

弟奥根(大怒):你听我说,帕西丰!你听着,糊涂虫!如果你来,是要提议我担任国家职务,那么你给我立刻就滚,趁我还没有用我的牙齿咬你。可别把手指伸进恶狗的嘴里!你是希望我们做朋友呢,还是想让我们变成同谋者?

帕西丰:你希望怎样呢?

弟奥根:我希望你让我留在这个桶里,你自己去从事救国大业。我……

帕西丰:住嘴!

弟奥根:……在你们这个世界上!我和你们有什么关系,你们和我有什么关系?咱们还是互不干扰吧,你会看到,我们将过得多么美好,无论是你们,还是我。

帕西丰(生气地):弟奥根,对你这个世界,我已经腻烦透了,它散发出一股无所事事、好吃懒做的气味!你是人生出来的,而不是从桶里爬出来的。当人们聚集在你的周围,他们是如此需要你的时候,你不能只为了这个（指桶）而活着。

　　弟奥根（耸耸肩）：可我不需要他们。

　　帕西丰（愤怒地提高声音）：这是你为了袖手旁观、嘲笑别人，捏造出来的谎言！（大声叫喊）你是个撒谎的人，卑鄙的家伙！

　　弟奥根（没有理由为自己辩护，歇斯底里地大声叫喊）：不要对我叫喊！

　　帕西丰（平静地）：弟奥根，请相信我，你不能留在你自己的这个世界里，（指桶）它太小了，总有一天你会在这里面憋死的。

　　弟奥根（突然发抖）：你怎么知道的？

　　帕西丰（惊讶地）：你指的什么呢？

　　弟奥根：我对你说过什么吗？

　　帕西丰：什么呢？

　　弟奥根（轻松地叹气）：这么说，我没有说过。

　　帕西丰：我不知道你对我还有秘密。

　　弟奥根：一个唯一的秘密。

　　帕西丰（忧郁地）：这么说，你从来没有完全相信我的友谊。

　　弟奥根（回避解释）：这完全是另一回事，完全是另一回事。（向他张开双臂）瞧，我承认，我是一头猪。

　　紧张气氛立刻消失，两人都笑了。

　　帕西丰（笑）：这是个什么秘密呢？

　　弟奥根（处于一种完全不同的心情之中）：我的死的秘密。

　　帕西丰（笑）：原来你已经死了吗？

　　弟奥根：没有，傻瓜！当我断定我的死期已到，不过只有在我对此深信不疑的时候，我就停止呼吸……

帕西丰（他关心的是问题的技术方面）：你堵住自己的嘴巴和鼻子吗？

弟奥根（不深入谈论技术上的细节）：蠢话！我不再呼吸，这样就死了。

帕西丰：不可能！这样做需要有超人的意志。没有任何一个人能够强迫自己不呼吸的。

弟奥根：问题不在于意志，而在于和谐。当灵魂和肉体达到完全和谐一致的状态，一切都是可能的。

帕西丰（笑）：你的秘密是我听到过的最蠢的话。

弟奥根（也笑了）：你说得对。（突然严肃起来）不过是会这样的！

根据史学家提供的证据，他正是用这个方法让自己死去的。

帕西丰：我们谈论死，是不是太早了呢？

弟奥根：如果现在不谈，以后我们就害怕再谈这个问题了。

有几个人走近前来，其中我们能认出是帕西丰的老朋友们。克拉德斯和吉帕尔希娅也在他们当中。

克拉德斯：弟奥根和帕西丰都在这里！我甚至没有幻想会有如此动人的相会！

帕西丰：你好，克拉德斯！

弟奥根（心情极其紧张地走近吉帕尔希娅）：吉帕尔希娅！

吉帕尔希娅（一动不动）：……

帕西丰（急躁地）：请原谅我，弟奥根。

朋友们，现在我们可以……

克拉德斯（打断他）：别说了，帕西丰。（指弟奥根和吉帕尔希娅）他们彼此有话要说。

克拉德斯和帕西丰走开，站到朋友们之中。弟奥根和吉帕尔希娅的谈话十分平静，毫无紧张的迹象。

弟奥根：你知道我在这儿吗？

吉帕尔希娅：感觉到了。

弟奥根：你会留下来，和我待在一起吗？

吉帕尔希娅：我已经和克拉德斯结婚了。

弟奥根：他是个好青年。他有哲学家的智慧。

吉帕尔希娅：是的，他是个好青年，而且有哲学家的智慧。

弟奥根：你们相亲相爱吗？

吉帕尔希娅：对这个问题我很难回答。

弟奥根：这是我的过错。我应该叫你的。

吉帕尔希娅：你毫无过错。如果你不能没有我的话，你是会叫我的。

弟奥根：你认为我不爱你吗？

吉帕尔希娅：我不知流了多少泪，我的眼睛已经哭干了。我犹如被遗弃的孤岛——感到同样孤独，被人忘记。

弟奥根：我不愿让你看到我是在做奴隶。

吉帕尔希娅：原来你的自尊心高于爱情。

弟奥根：你错了——不是自尊心，而是思想。

吉帕尔希娅：难道思想能高于爱情吗？

弟奥根：唯一能高于一切的，是自由的思想。

吉帕尔希娅：对我来说，没有任何东西是高于爱情的。

弟奥根：你不是弟奥根。

吉帕尔希娅：这是实话——我不是弟奥根。我是个女人，是一根干树枝。人们活着不只是为了爱情。我所以干枯，因为我只是为了爱情而活着。

弟奥根：为什么你讲到这一点时，认为它们是那样不可调和呢？爱情——这也是一种思想，就像我的自由的思想一样。

吉帕尔希娅：难道你没看到这个思想毁了我吗？

弟奥根：一切伟大的思想都会使人毁灭的，吉帕尔希娅。为了思想，我离开了朋友们，回到了自己的桶里。

吉帕尔希娅：在那天夜里，这曾经是我们的桶。

弟奥根：因为在我的思想和你的思想之间形成了和谐。（突然热烈地）就是这么回事！我要修改我关于音乐、关于几何学和天文学的笔记。看来，我弄错了，就像一个最蠢的蠢才。你听我说，我今天第二次又谈到了和谐，可是我写的却是：这是胡说八道。真想不到会陷入这样骇人听闻的谬误之中！

吉帕尔希娅：也许，在别的问题上你也弄错了吧。

弟奥根：只有在无关紧要的问题上我才会弄错。归根结底，音乐、几何学、天文学是否有益，像这样的问题和人们有什么关系呢？重要的是，它们是存在的。

吉帕尔希娅：弟奥根，如果你对我说一声"你留下来吧"，我就留下来。一辈子。

弟奥根：那克拉德斯呢？

吉帕尔希娅：克拉德斯会理解的。他总是很了解我。

弟奥根：比我还了解吗？

吉帕尔希娅：是的，比你还了解，弟奥根。（绝望地）我求求你，跪在地上恳求你，请你对我说一声："你留下来吧！"

弟奥根：吉帕尔希娅，你是怎样认为呢？是音乐、几何学和天文学向我们揭示出外部和内在世界的和谐。不是吗？我得把我所写的一切全部改写。真理恰恰是包含在对立的事物之中。

吉帕尔希娅怀着无限深情望着他，默默走开。弟奥根像他通常碰到思想矛盾的时候那样，开始猛烈地搔他的大胡子。其余的人走近前来。

（用手势叫他们走）今天我想独自待一会儿。

大家都走了。

（慢慢走到舞台前，目光迷惘、古怪）我们犹如一些瞎子，在世界上慢慢地从亮光旁边走过去，只是当我们到了黑暗之中，才会认清这一事实。（心不在焉，视而不见地望着一点）当我披着你的斗篷离开的时候，我是犯了一个错误，正如我们制造假钱的时候一样。我动身去寻找人的时候，我，这个不幸的人，并不理解，每一个人都可能正是我要去寻找的那个人。我处在人们的包围之中，他们有的漂亮，有的不漂亮；有些人是傻瓜，也有一些是聪明人。虽然他们自己并不知道，却为我箍好了一个桶，我将住在里面，心中珍藏着关于自由的思想。这些人伤害我，或者庇护我，爱我或者是恨我，因为我也是和他们一样的人。老头子，我所寻找的就是这些人，可是我并不知道这一点……为什么你让我相信，似乎可以脱离人们而生活呢？为什么呢，父亲？我由于愚蠢而走了，现在回到了我离开的那里，而且应该重新离去。为什么你回来了，小丑、笨蛋、糊涂虫，为什么你又回到了有一次你曾经离开的那个地方？我回来时已经变成了另一个人。什么样的另一个人？精神上更丰富了吗？噢，不，我要说，是精神上更贫乏了。你自吹自擂，夸口说你爱人们，却不能爱一个人，仅仅是爱一个人。这毫无意义：爱的思想——这就是我的功勋。思想吗？在这个荒无人烟的地方，思想有什么用呢？首先你扼杀了自己身上一切感性的以及本质的东西，变成了一个思想的人。柏拉图，你又在用你那些蠢话和我纠缠不休吗？我不想侮辱你，弟奥根，你在这个世界上毫无意义地浪费了自己的精力，因为你不知道你要的到底是什么。然而现在我知道了。你知道什么呢？人哪，你知道什么呢？我知道，我错了。你将怎么办呢？我何必需要事先知道一切呢？我为什么成为自己的奴隶，成为知识和我自己的罪过的奴隶？为什么我不能为了获得知识而活着呢？请你让我安静一下吧，让我自己认识清楚！我知道我走过的每一步路。我要跟他们去。喂，克拉德斯，帕西丰，你们回来吧！吉帕尔希娅！人们哪，我需要你们，你们听见了吗？我承认，你们是对的……不能像一条狗那样生活……还有你，柏拉图，你也是对的……人们哪，如果你们不来，我就到你们那里去……对，对，这就是真理！骄傲战胜了我，但是……你……不要再侮辱我了：我受不了这个。啊，不，弟奥根，我不想侮辱你。你只不过是累了，就是这么回事。

渐暗，天变冷了。弟奥根裹在斗篷里。远处出现一个妇人，就是曾向弟奥根提出，让他在她床上住一辈子的那个妇人。弟奥根没有看到她。妇人渐渐走近。